인천이라는

지도를
들고

인천이라는
지도를
들고

소설 속의 인천

양진채 산문

차 례

운행을 멈추었던 협궤열차가 고향인 인천으로 돌아와 시립박물관 마당에 자리를 잡았다.

철로 침목에
남기는

발자국 소리뿐

윤후명 장편소설 『협궤열차』

　　아주 오래 전, 그러니까 아직 협궤열차가 달리던 시절, 일 년 정도 옥련동에 살았다. 당시 우리 집은 몇 년 동안 이어진 아버지의 실직으로 주안 신기촌에서 용현동으로, 다시 옥련동으로 집 평수를 줄여가며 외각에서 더 외각으로 밀려났고, 남의 집에 세 들어 사는 처지가 됐다. 집 바로 뒤 위쪽에 폭이 좁은 철길이 있었고 가끔씩 기차가 지나갔지만, 새벽에 집을 나와 밤 열시가 넘어야 들어가던 여고생인 나는 협궤열차를 알지 못했다.

　　이른 아침, 버스에 겨우 몸을 욱여넣고 구월동까지 학교를 다녔다. 교복자율화가 시작된 해였지만 나는 교복을 벗지 않았다. 딱히 변변히 입을 옷이 없었다. 반에 그런 아이들이 서너 명 정도는 있어 튀지는 않았다. 학교 뒤쪽에 만월산이 병풍처럼 둘러 있고, 정자도 있었다. 정자로 가는 길가에서 시화전을 열기도 했고, 어느 날인가 정자에 모여 누군가가 작은 소리로 들려주는 몇 년 전 광주에서 일어난 학살에 떨면서 분개했다.

어쩌다 그랬을까. 여름 어느 날, 주인집 새댁과 철길을 따라 송도역 근처 시장에 갔다. 아주 좁은 철길이었고 그 철길을 걸어 시장까지 가서 몇 가지 푸성귀를 사는 새댁 곁을 따라다니다 집으로 왔다. 그것이 협궤열차와 관련된 내 기억의 전부였다. 나는 집 뒤의 철길보다 집 앞의 길을 건너 조금만 내려가면 만날 수 있는 바닷가에 더 자주 갔다.

그해 겨울, 해안선을 따라 작은 물고기들이 얼어 죽어 있는 것을 보았다. 은비늘이 반짝이는 아주 작고 싱싱한 것들이 한순간 얼어버린 듯 보였다. 해안선을 은빛으로 빛내던 그 죽음은 믿을 수 없는 것이었다. 물고기들은 비늘에 조금의 상처도 없었고, 상한 흔적도 없었다. 한순간 얼어버린 듯 보였다. 가끔 그 시절 내가 철길을 걷거나 바닷가에 갔던 것이 환상은 아니었을까 생각하게 된 건 전적으로 그 물고기 떼의 죽음에서 비롯되었다.

나중에야 그때 내가 걸었던, 기억에도 희미한 그 철길이 수인선 협궤열차가 다니던 길이라는 걸 알았다. 그리고 그 길을 걸어가던 끝에 만났던 송도역을 배경으로, 그 역에 머물렀다 떠나가던 협궤열차에 대해 누구보다 아름다운 소설을 쓴 한 작가를 만났다. 소설가 윤후명이다.

소설가 윤후명은 안산시의 작은 예술인아파트에 살면서 1992년 장편소설 『협궤열차』*를 출간했다. 협궤열차가 지나가던 안산의 풍경을 좋아한 작가는, "수인선 협궤열차는 일종의 문학적 모태이며 아름다운 환상"이라고 어느 인터뷰에서 밝힌 바 있다. 인터뷰 내용을 조금 더 인용해본다.

저는 실제로 사람들이 아름답다고 느끼는 풍경을 싫어합니다. 황량한 들판, 안산의 경우엔 황량한 갯벌을 좋아해요. 이런 것에서 새로운 아름다움을 발견코자 하는 게 저의 미학이지요. 그러니 헤맬 수밖에요. 완결적인 풍경보다, 폐허화된, 소멸된, 혹은 무너진 풍경들을 보면 좋기 때문에 늘 찾아 헤매는 것이지요. 폐허화된, 소멸된 풍경을 보면서 그 이전에 살았던 사람들의 체취나 모습을 재현해보는 버릇이 있습니다.

저는 쓸쓸한 것, 버려진 것에서 말할 수 없는 비애와 위안을 느낍니다.

---

* 『협궤열차』는 1992년 도서출판 창에서 출간되었고, 2014년 책만드는집에서 개정판이 나왔으며, 2017년 은행나무에서 펴낸 작가의 전집 중 한 권으로 엮였다. 연작 장편 형식의 『협궤열차』에는 「사랑의 먼 빛」「너의 귀 나의 귀」「협궤열차에 관한 한 보고서」「갈매기가 날아가는 곳」「모래강을 향하여」「코끼리 새」「외로운 그리핀」등 일곱 편이 실렸다. 이 글에서는 2012년 책만드는집에서 나온 『협궤열차』를 중심으로 살펴본다.

이러한 작가의 마음은 소설 곳곳에서 나타난다.

소설을 읽어가면 협궤열차를 타고 오는 아이, 협궤열차를 타고 떠나려는 여인, 송도역, 폐역, 안산의 갯벌, 소래포구 등 소설 속 인물과 공간이 한없이 동화적으로, 때로는 쓸쓸하고 그로테스크하게, 때로는 환상적으로 보인다. 이는 소설 화자 '나'의 심리 때문이다. 폐허와도 같은 짙은 그리움과 외로움을 말하는 소설 속 주인공이자 그 당시 소설가 윤후명은 무언가를 끊임없이 찾아 헤매는 인물이며 스스로를 버리려는 동시에 자기 자신과 대면하려는 인물이다.

그때의 협궤열차만큼 내 인생에 환상으로 달린 열차는 없었다. 가을에 그 작고 낡은 기차는 어차피 노을 녘의 시간대를 달리게 되어 있었다. 서해안의 노을은 어두운 보랏빛으로 오래 물들어 있고, 나문재의 선홍색 빛깔이 황량한 갯가를 뒤덮고 있다.(77쪽)

그것은 이 세상에는 없는 황량한 선경(仙境)이었다. 나는 이제껏 세파에 시달려온 지난날을 생각했다. 지나치게 '군중 속의 고독'에 시달려왔다는 생각이 들었다. 그것이 얼마나 부질없는 것인지는 나도 잘 알고 있었다. 삶의 진정한 의미는 어디에 있는가.(78쪽)

작가에게 협궤열차는 "내 인생에 환상으로 달린 열차"였다. '환상'은 삶의 진정한 의미를 찾아 헤매는 이에게는 꼭 필요한 위안 같은 것이 아닐까.

언제나 뒤뚱거리는 꼬마열차의 크기는 보통 기차의 반쯤 된다. 통로를 사이에 두고 서로 마주 보며 앉게 되어 있는데, 상대편 사람과 서로의 숨결이 느껴진다고 해도 과장이 아니다.

이것이 바로 수원과 인천(송도)을 오가는 수인선 협궤열차이다. 전 세계에서 유일하다고도 한다.

"그거 트럭하고 부딪쳐도 넘어지겠군."

누군가 말한다. 실제로 그런 일도 있는 조그만 열차.(72쪽)

협궤열차에 대한 묘사이다. 작가는 이 편의 제목을 「협궤열차에 관한 한 보고서」라고 붙이고 첫 문장을 "협궤열차를 아는가?"로 시작한다. '아는가?'의 종결어미는 당당하다. 나만큼 협궤열차에 대해서 말할 수 있는 사람은 없을 거라는 자신감이 엿보인다. 그럴 만도 하다. 당시의 작가는 술에 취하면 스스로 자멸파라 칭할 정도로 '질풍노도와 자멸의 시간'을 견디던 때였다. 아무 거칠 것이 없었고 이성은 취할수록 도도하고 명료했다.

다시 협궤열차로 돌아가보자. 협궤열차는 인천항에서부터 송도, 수원을 오갔던 아주 작은 열차였다. 얼마나 작으면 마주앉은 상대편의 숨소리가 들리고, 트럭하고 부딪쳐도 넘어질 정도였을까. 명색이 '기차'가 소와 부딪쳐 넘어질 정도라니 그 기차는 결핍, 혹은 외로움을 타고난 것인지도 모르겠다. 그러니 작가는 협궤열차의 본질을 누구보다 먼저 발견했을 것이다. 작가는 그렇게 협궤열차가 갯벌을 배경으로 오가던 모습을 놓치지 않았다. 놓치지 않았다기보다 그 풍경이 작가의 가슴에 들어왔을 것이다.

인간은 언젠가는 죽는다는 평범한 진리를 새삼스레 반추해보고 있었던 것도 같다. 소멸이라는 말도 사라진 경적 소리처럼 귀에 울렸다. 그리고 일부러 침목을 밟고 집으로 돌아오는 방법을 택했을 때는 날은 어두워져 있었다.(35~36쪽)

……사우루스…… 사우루스…… 사우루스

멀리서 내게 누군가 빛을 보내고 있다. 그것이 누구이며 어떤 뜻을 담은 빛일까. 안타깝게도 나는 알아내지 못한다. 삶이란 무엇이며 사랑이란 무엇인 것일까 하고 문득 하늘의 별을 쳐다본다. 아득한 이름을 가진 별에서 오는 아득한 별빛이나. 이따위 감성에 젖는 것은 술기운 탓이리라 여겨도 본다.

……사우루스……

하지만 나는 아무것도 알 수 없다고 느낀다. 우리는 어디서 와서 어디로 가는가. 우리는 단순히 썩어 문드러지고 마는 것일까. 지금 내가 알 수 있는 것은 철로 침목에 남기는 발자국의 소리뿐인 것이다. 그와 함께 어둡고 머나먼 땅, 아무도 나를 아는 이 없는 외로운 땅에 홀로 던져졌다는 생각에 나는 몸을 떤다.(36~37쪽)

나는 이미 말했다. 한번 간 사랑은 그것으로 완성된 것이다. 애틋함이나 그리움은 저세상에 가는 날까지 가슴에 묻어두어야 한다. 헤어진 사람을 다시 만나고 싶거들랑 자기 혼자만의 풍경 속으로 가라. 진실로 그 과거로 돌아가기 위해서는 자신은 그 풍경 속의 가장 쓸쓸한 곳에 가 있을 필요가 있다. 진실한 사랑을 위해서는 인간은 고독해질 필요가 있는 것과 같다.(93쪽)

이런 문장들은 작가가 어느 산문집에서 말하던 '존구자명(存久自明)'을 떠올리게 한다. 논어에 나오는 말로 '오래되면 스스로 밝아진다'는 뜻이다. 작가는 존구자명을 인용하며 진짜 도자기, 골동품을 고르는 방법으로 보면 볼수록 좋아지는 물건이야말로 진품이라는 얘길 했다. 위의 문장들은 스스로 빛을 내고 있다. 늘 술에 취해 있고, 스스로를 자멸파라 칭하고, 폐허의 아름다움을 찾아 헤매던 작가의 가슴이라야 가능한 문장들이지 않을까.

소설가 윤후명은 1967년 『경향신문』 신춘문예에 시로 먼저 등단했다. 시인과 소설가로 활동해오는 동안 그의 문학은 줄곧 삶과 사랑의 본질에 대한 탐구에 집중하고 있다.

작가의 외로운 삶에 스며들었던 협궤열차는 1994년에 사라졌다.

소금이 귀하던 일제강점기, 일본은 협궤열차를 만들고 소금 수탈의 수단으로 이용했다. 해방 이후에는 경기 남부와 인천을 잇는 중요한 교통수단으로 50년 넘게 서민들의 고단함을 덜어주었다. 그때와 같은 길은 아니지만 2012년 오이도와 송도를 오가는 수인선이 개통되고, 다시 2016년에는 송도에서 인천까지 연장되고, 2020년 9월 오이도에서 한대앞을 지나 수원까지 노선이 연장되면서 새 모습을 갖췄다.

11월 11일, 인천시립박물관 마당에 예전에 운행되던 협궤열차의 객차가 폐선 25년 만에 '고향'으로 돌아와 전시되었다. 굳이 고향이라고 말한 이유가 있다. 이 협궤열차 안에 1969년 인천공작창에서 제작되었다는 동판이 붙어 있었던 것이다. 인천 동구 송현동의 동부아파트 자리에 있던 인천공작창은 지금은 흔적을 찾을 수 없다. 수인선을 뒤뚱거리며 달리던 그때의 협궤열차는 더 이상 볼 수 없다. 그러나 어떻게든 '남아' 증거한다.

'사라져간 것'과 '남아 있는 것' 사이의 간극은 어쩔 수 없다. 다만 기억과 추억 사이 어디쯤에서 쓸쓸한 마음을 달랠 수 있을 것이다. 『협궤열차』를 다시 읽으면서 나는 사우루스의 발자국 소리가 아니라 은빛 반짝이며 죽음을 알린 이름 모를 물고기에게서 풍기던 가차 없던 서글픔 같은 것을 다시 만난 것도 같다.

협궤열차는 멈췄지만 열차가 다니던 길은 아직 남아 스르렁 바퀴 소리를 기억한다.

출렁이는 바다 위로

삶은
지속된다

이원규 단편소설 「포구의 황혼」

회를 사러 소래포구에 자주 간다. 회를 아주 좋아하는 딸이 있기 때문이다. 딸은 주기적으로 회를 찾는다. 물고기 모양의 스티로폼 접시에 놓인 사오 인분의 회를 혼자서도 거뜬히 해치운다. 그것도 생선 종류를 가리지 않고 생 와사비를 푼 간장이나 참기름과 마늘과 깨가 들어간 쌈장만을 아주 조금 찍어서.

횟집에 가서 먹기에는 지출이 너무 커서 소래포구 단골 횟집에 가서 회를 떠 온다. 차가 없어도 부평에서 인천 지하철을 타고 원인재역으로 가서 수인선으로 갈아타면 소래포구역까지 쉽게 갈 수 있다. 회를 사러 갈 때는 돈을 넉넉히 챙겨야 한다. 그때그때 욕심나는 건어물이나 생선, 꽃게, 새우, 조개 등이 발목을 잡고 안 놓아주기 때문이다.

소래포구에서 나는 소비자다. 바쁠 때는 포구의 전경에 눈길을 줄 새도 없이 회만 사 들고 오기도 하는 객(客)일 뿐이다. 그러나 소래포구에는 지난한 삶을 살고 있는 생산자이자 주인들이 많다. 바다에 나가 조업을 하는 배의 선원들, 어시장의 상인들이 그들이다. 이들의 생생한 삶을 다룬 작품이 「포구의 황혼」이다.

인천 출신의 소설가 이원규는 인천과 바다를 배경으로 하는 작품을 여러 편 썼다. 그중에서도 1987년에 발표한 단편소설 「포구의 황혼」*은 소래포구와 바다를 중심으로 분단 문제를 다룬 작품으로 인천을 배경으로 하는 소설을 꼽을 때 빠질 수 없는 작품이다.

이 소설은 북에 가족을 두고 내려온 아버지가 남쪽에서 다시 가족을 꾸렸지만 북의 가족을 잊지 못해 벌어지는 가슴 아픈 가족사를 아들의 시선으로 그리고 있다.

먼저 이 소설에서 묘사한 소래포구 전경을 보자.

경인산업도로로 이어지는 관통 도로가 뚫리자, 소래포구의 종점

---

* 『20세기 한국소설 40: 이균영 박영한 현길언 이원규 최인석』(창비, 2006)에 실린 「포구의 황혼」을 대상 텍스트로 삼았다.

거리에는 수십 개의 횟집들이 들어섰다. 주말은 물론 평일 저녁에도 자가용을 가진 도회 사람들이 싱싱한 생선회를 먹으러 찾아왔다. 김장철에는 물 좋은 새우를 사려고 사람들이 몰려와 경쟁을 벌였다.(205~206쪽)

30년 전 소래포구의 모습이다. 백여 년 전 소래포구는 작은 나루터였다. 일본은 소래 염전에서 화약의 원료인 소금을 수탈하기 위해 협궤열차가 지나는 수인선 철도를 건설했다. 해방이 된 후에 황해도 등에서 내려온 실향민들이 모여들어 새우를 잡고 젓갈을 만들어 포구에서 팔거나 수인선 열차를 타고 인천, 수원, 부평, 서울 등지에 나가 팔면서 포구가 활성화되기 시작했다. 1974년 인천 내항이 준공되면서 새우잡이를 하던 소형 어선들이 소래포구로 몰렸다. 배에 올라 직접 새우를 사는 새우 파시로 입소문이 나면서 지금도 김장철에는 생새우나 새우젓을 사려는 사람들로 붐빈다. 인터넷에서 소래포구를 검색하면 자동으로 새우젓배 들어오는 시간이 연관 검색될 정도이다.

2017년 소래포구 어시장 화재로 좌판 332곳 중 220여 곳이 완전히 불에 탔다. 새벽에 일어난 화재였고, 소방차 53대와 소방관 150여 명이 현장에 출동했지만 좌판이 밀집해 있고, 그 위를 불에 잘 타는 비닐 천막이 덮고 있어 진화하는 데 2시간 30분가량이 걸렸다. 아직 완전한 복구는 안 된 것으로 안다.

화재가 나기 이전에는 천막을 치고 횟감을 파는 곳에서 회를 떠주면 횟집 앞 노상에 펼쳐진 돗자리에 앉아 물길을 따라 들어오는 배나 갯벌을 젓는 저어새나, 상인들의 호객 소리를 들으며 회에다 소주 한잔을 했다. 며칠 전 재개장을 알리는 만국기가 펄럭이는 걸 봤다. 상가들이 각자의 번호와 이름을 걸고 문을 열고 있었다.

소래포구뿐만 아니라 염전 자리인 소래습지생태공원 풍경도 좋다. 나는 소래포구역에서부터 소래습지생태공원, 시흥갯골생태공원, 관곡지 등을 걷는 걸 좋아한다. 나문재나 칠면초의 색이 변해가는 걸 음미하고, 연꽃을 보거나 연자육을 맛보는 즐거움이 걷는 동안의 피로를 덜어준다.

내리막길을 거의 다 내려왔을 때, 덜커덩덜커덩 굉음이 울렸다. 협궤열차가 인천 쪽으로부터 달려오고 있었다. 열차는 눈을 부릅뜨듯이 환하게 전조등 빛을 앞세우고 내 눈앞을 지나서 포구의 어둠과 적막을 헤치고 철교를 향해 달렸다. 그러고는 꿍다당뚱다당 소리를 내며 허공으로 파묻히듯이 다리 저쪽으로 사라져갔다. 이십오 년 전 어머니의 손에 이끌려 처음 소래포구에 올 때 저 협궤열차를 타고 온 기억이 선명한 그림같이 환하게 떠올랐다. 그 시절에는 칙칙폭폭 흰 연기를 피워 올리며 달리는 증기기관차였다. 그때 이곳은 염전이었고 종점 거리는 시꺼멓게 콜타르를 바른 통

화재가 나기 전, 소래포구 횟집에서 포장 회를 사서 바로 앞길에 돗자리를
펴고 앉아 배가 들어오는 것을 보며 소주 한 잔에 회 한 점을 입에 넣었다.

소래포구에 정박한 배들과 바닷바람에 말라가는 생선은 묘하게 닮아 있다.

나무 소금 창고가 군데군데 엎드려 있는 쓸쓸한 불모의 벌판이었다.(206쪽)

협궤열차를 중심으로 1980년대와 1960년대의 소래포구가 어떠했는지 잘 드러나고 있다. 앞서 소설가 윤후명이 만났던 협궤열차는 인천과 시흥을 연결해주는 소래철교를 지났을 것이다. 협궤열차는 증기기관차에서 디젤열차로, 지금은 전철로 바뀌었다. 또한 "쓸쓸한 불모의 벌판"이었던 포구 주변의 논현동은 아파트와 빌딩 숲을 이루고 있다. 상전벽해는 이럴 때 쓰는 말일까.

이 소설의 중요한 덕목 가운데 하나는 치밀한 취재에 있다.

해안 경비 초소로부터 녹색 신호탄이 솟아올라 어두운 하늘에서 유성처럼 길게 꼬리를 끌면서 꺼졌다. 이어서 어선 통제소에서 랜턴을 둥그렇게 휘둘러 신호를 보내왔다. 수십 척의 어선들이 일제히 기관 소리를 높였다. 그러고는 동시에 포구 밖을 향해 움직이기 시작했다. 두 개의 탐조등이 배를 훑듯이 비추며 지나갔다. 하나는 능선 위 초소를 내리비추고, 하나는 수평선과 같은 각도에서 올려비추어 다른 어선들의 모습이 희뜩희뜩 드러났다. 나는 배의 속력을 높이면서 뒤를 돌아보았다. 소래포구 전체가 마치 격전장으로 나가는 공격 전단의 출동 때처럼 요란한 기관 소리에 놀라 깨어나고 있었다.(210~211쪽)

새벽, 포구에서 배가 출항하는 장면을 이처럼 구체적이고 생생하게 그린 작품을 보지 못했다.

　위의 인용 단락 외에도 "그 해역에서는 헌 타이어, 나뭇조각, 용성표 맥주의 빈병 같은 북쪽 물건이 건져 올려지는 일이 더러 있었다", "광진호는 185마력짜리 고속버스 엔진을 단 배였다. 마음만 먹으면 당장 30노트 이상 속도를 낼 수 있었다", "출항 두 시간 만에 팔미도 등대를 우회하여 북서쪽으로 항로를 잡았다. 그리고 곧 수상 검문소에 이르렀다", "나는 안다. 삼월 달 해류는 틀림없이 북으로 간다. 여기 던지믄 연백으루 간다" 등의 문장에서 작가가 한 편의 단편소설을 쓰기 위해 들인 공력이 얼마나 큰지 짐작하고도 남는다. 좋은 소설은 이렇게 탄생한다.

　「포구의 황혼」의 백미는 이런 치밀한 자료 수집과 취재에 더한 작가의 상상력이다. 이 소설은 앞에서도 말했듯이 북의 가족을 잊지 못하는 아버지와 그 아버지로 인해 피폐한 삶을 살았던 아들이 중심축이다. 아버지는 마지막 소원으로 조업 나가는 아들 배를 타게 되는데 북쪽 저지선 해상 부근에서 몰래 가져온 음료수 병을 바다에 던진다. 그 병 속에는 북의 가족에게 쓴 편지가 들어 있다. 아버지는 오랜 경험으로 3월의 해류가 북으로 가는 걸 알고, 생의 마지막에 북의 가족들에게 편지를 띄운 것이다.

나는 아버지의 수첩을 낚아채서 바다 위로 던져버렸다.

"이거나 북으루 보내세요. 내 배에선 못해요. 아버지 땜에 또 망할 순 없다구요."

나는 아직 손에 들고 있던 회칼을 움켜잡고 웅크려 앉으면서 상자 안에 든 것들을 힘껏 내리찍기 시작했다. 우우 하는 아버지의 울음소리가 들렸다. 뜻을 알 수 없는, 짐승의 울음 같은 신음소리가 다시 들렸다. 그리고 이어서 아주 거센 숨소리에 섞여 "용규야!" 하고 내 이름을 부르는 탁한 음성을 나는 두 귀로 분명하게 들었다. 15년 만에 듣는 아버지의 말소리였다. 나는 칼 잡은 손을 치켜든 채 움직이지 못했다. 숨마저 쉬지 못하고 잠시 동안 그렇게 앉아 있다가 천천히 몸을 일으켰다. 머리가 허옇게 센, 주름이 가득하고 개펄처럼 꺼멓고 거친, 눈물로 범벅된 아버지의 얼굴이 내 앞에서 흔들렸다.

"그…… 때…… 그그…… 애들을…… 마마…… 만…… 났다. 거…… 거기서…… 배배…… 를…… 타고…… 사사살…… 살구…… 있었…… 다."

나는 입을 딱 벌린 채 말을 잃어버린 사람처럼 서 있었다.

아버지는 혼신의 힘을 다해 얼굴 전체를 움직여서 다시 말했다.

"용…… 용규…… 야, ……마…… 마마…… 마지막…… 소…… 소소소…… 원이다."

그 말들은 여러 개의 화살처럼 하나하나 내 가슴에 깊숙이 들이박혔다. 아뜩아뜩 현기증이 나고 뜨거운 바람 같은 것이 내 몸을 휩싸고 돌았다. 가슴속 깊은 곳에서 큰 덩어리 같은 것이 치밀어 오르더니 왈칵 뜨거운 눈물이 되어 솟아 나왔다.(223~224쪽)

평생 북의 가족을 잊지 못하는 아버지를 원망하며 살아왔지만, 북의 가족에게 편지를 보내려는 아버지의 절절한 소원을 끝내 외면 못하는 아들. 이 아버지와 아들의 모습이야말로 남과 북이 어떻게 하나가 될 수 있는지 보여준다. 인용한 대목은 언제 읽어도 가슴 뭉클하다. 남과 북이 하나 되는 길은 화해와 용서, 그리고 사랑이다. 아들은 아버지의 소원을 이루어주기 위해 최대한 북쪽으로 다가가 편지가 든 병을 던진다.

나는 적당한 해역까지 가서 서쪽으로 선회하여 달리면서 정확히 이 분마다 한 개씩 병을 바다 위로 던졌다. 그것들 중 하나가 북쪽 형들 손에 들어가기를 간절히 기원하면서 던졌다. 한 번도 느껴보지 못한 뜨거운 피가 내 몸속에 흘렀다.(225쪽)

인천은 개항기부터 전국에서 사람들이 먹고살기 위해 일거리를 찾아 몰려든 곳이다. 개항기에는 부두를 중심으로, 6·25 전쟁 이후에는 북에서 내려온 피란민이, 70년대에는 대규모 공단이 세워지면서 공장 노동자들이 인천에 자리를 잡았다. 인천만큼 이산의 문제를 안고 사는 사람들이 많은 곳도 드물 것이다. 그러기에 소래포구와 황해 바다를 중심으로 이산과 분단 문제를 다루고 있는 이 소설이야말로 다른 어떤 지역도 아닌, 꼭 인천이 배경인 소설이어야 하는 것이다.

　나는 또 며칠 내로 소래포구로 회를 사러 가야 한다. 어쩌면 나는 회를 좋아하는 딸을 핑계 삼아 포구에 닻을 내린 배들, 갯벌과 들고 나는 바닷물을 보고 상인들이 불러대는 소리를 들으며 삶이 지속되고 있음을, 나아가고 있음을 확인하고 싶은 것인지도 모르겠다.

비의(悲意)로 가득 찬

'노오란' 거리

오정희 단편소설 「중국인 거리」

「중국인 거리」*는 6·25 피란살이 시절, 인천의 중국인 거리에서 살게 된 어린아이와 그 주변의 삶을 다룬 소설이다. 소설가 오정희는 어린 시절 소설의 무대가 된, 현재 한국근대문학관 뒤편에 살았으며 신흥초등학교를 다녔다. 소설에는 차이나타운, 부두, 대한제분 공장, 성당, 자유공원, 공설운동장, 석탄을 나르는 철길 등이 작가 특유의 아름답고 서늘한 문체로 그려져 있다. 소설의 전체 정조는 아릿하고 슬픈, 불안한 눈빛 같은 것인데 이는 전쟁 직후의 불안정한 삶과 궤

*『제3세대 한국문학: 오정희』(삼성출판사, 1983)에 실린 「중국인 거리」를 대상 텍스트로 삼았다.

를 같이한다.

석탄차가 오면 몰래 숨어들어 석탄을 훔쳐 팔아서 국수와 만두를 사 먹는 아이들, 양공주인 매기, "난 커서 양갈보가 될 거야" 하고 단호하게 말하는 치옥, 다섯 살이 되도록 말도 못 하고 인형처럼 눈을 깜박이는 제니, 조카에게 얹혀사는 할머니, 늘 임신과 출산을 반복하는 엄마, 자신의 엄마가 계모이길 바라고, 정육점에서는 "애라고 조금 주세요?" 하고 따지며, 이발소에서는 "아저씨는 나올 때 손모가지에 가위 들고 나와서 이발쟁이가 됐단 말예요?" 하고 대들지만, 건너편 이층집에 사는 얼굴이 하얀 중국인 남자에게서 알 수 없는 슬픔을 느끼기도 하는 어린 '나'가 있다.

소설은 해인초를 끓이는 냄새에 메스꺼움을 느끼는 주인공처럼 내내 울렁이고 불안하다. 이 불안은 '공간'의 불안과 맞닿아 있다. 작가가 묘사한, 전쟁 직후의 폐허와도 같은 도시의 면모를 살펴보자.

해안촌(海岸村) 혹은 중국인 거리라고도 불리는 우리 동네는 겨우내 북풍이 실어 나르는 탄가루로 그늘지고, 거무죽죽한 공기 속에 해는 낮달처럼 희미하게 걸려 있었다.(220쪽)

드문드문 포격에 무너진 건물의 형해가 썩은 이빨처럼 서 있을 뿐이었다.(220~221쪽)

큰 덩치에 비해 지붕의 물매가 싸고 용마루가 밭아서 이상하게 눈에 설고 불균형해 뵈는 양식의 집들이었다. 그 집들은 일종의 적의로 냉담하고 무관심하게 언덕 아래를 내려다보며 서 있었다.(225쪽)

저녁 무렵이 되면 바구니를 팔에 건 중국인들이 모여들었다. 뒤통수에 쇠똥처럼 바짝 말아 붙인 머리를 조금씩 흔들며 엄청나게 두꺼운 귓불에 은고리를 달고 전족한 발을 뒤뚱거리면서 여자들은 여러 갈래로 난 길을 통해 마치 땅거미처럼 스름스름 중국인 거리로 향했다.(227쪽)

이 거리의 적산 가옥들 중 양갈보에게 방을 세주지 않은 곳은 우리 집뿐이었다. 그네들은 거리로 면한 문을 활짝 열어놓고 거리낌 없이 미군에게 허리를 안겼으며, 볕 잘 드는 베란다에 레이스가 달린 여러 가지 빛깔의 속옷들과 때 묻은 담요를 널어 지난밤의 분방한 습기를 말렸다.(228쪽)

철로 너머 제분 공장의 굴뚝에서 울컥울컥 토해내는 검은 연기는 전쟁으로 부서진 도시의 하늘에 전진(戰塵)처럼 밀려들고 있었다.(235쪽)

아직 겨울이고 깊은 밤이어서 나는 굳이 사람들의 눈을 피하지 않고도 쉽게 장군의 동상에 올라갈 수 있었다. 키를 넘는, 위가 잘려진 정사면체의 받침돌에 손톱을 박고 기어올라 장군의 배 위에 모아 쥔 망원경 부분에 발을 딛고 불빛이 듬성듬성 박힌 시가지를 내려다보았다. 지난해 여름 전진(戰塵)처럼 자욱이 피어오르던 함성은 이제 들려오지 않았다. 다만 조용했다. 귀 기울여 어둠 속에 부드럽게 흐르는 소리를 좇노라면 땅속 가장 깊은 곳에서 숨어 흐르는 수맥이라도 손끝에 닿을 것 같은 조용함이었다.

나는 깜깜하게 엎드린 바다를 보았다. 동지나해로부터 밤새 위 불어오는 바람, 바람에 실린 해조류의 냄새를 깊이 들이마셨다.(240쪽)

전쟁의 상흔이 그대로 남아 있는 인천의 서쪽 끝에 대한 묘사에는 주인공의 불안한 의식과 비극적 세계의 기운이 포개져 있다. 회충약을 먹고, 죽은 고양이를 메고 가서 방죽에 버리고, 석탄을 훔치고, 끊임없이 입덧을 하며 아이를 낳는 엄마를 바라보고, 양공주인 매기 언니 방에서 양주를 훔쳐 마시고, 죽은 매기 언니의 시신과, 하얀 얼굴의 젊은 남자를 바라봐야 하는 '나'의 삶은 그 자체로 '공간'에 흡수된다.

주인공이 아홉 살에 이사와 초조(初潮)를 겪게 되는 6학년까지 이 거리의 삶은 질기면서 슬프고, 고통스러우면서 아리다. 미군의 단도에 맞아 죽은 고양이, 2층에서 떠밀려 죽은 매기 언니, 자신이 낳은 일곱 마리 새끼를 모가지만 남기고 잡아

먹은 고양이, 할머니의 부고 등 죽음의 그림자와도 닿아 있다. 그래서 여덟번째 임신을 한 엄마를 바라보는 아이는 "어머니의 구역질은 비통하고 처절했다. 또 아이를 낳게 된다면 어머니는 죽게 될 것이다"라고 생각한다. 새로운 생명의 탄생이 죽음과 연결되는 것이다.

그래서 아이가 유일하게 숨어드는 공간은 헌 옷이나 묵은 살림살이 따위 잡동사니가 들어찬 변소 옆의 골방이고, 골방 구석의 빈 항아리가 되는 것이다. 그리고 이 모든 것을 관통하는 것은 '노오란' 빛깔이자 냄새이다.

햇빛도, 지나다니는 사람들의 얼굴도, 치마 밑으로 펄럭이며 기어드는 사나운 봄바람도 모두 노오랬다.(220쪽)

끓어오르는 해인초의 거품도, 조개탄에서 피어오르는 연기도, 해조(海藻)와 뒤섞이는 석회의 냄새도 온통 노오란 빛의 회오리였다.(221쪽)

"노오란 빛의 냄새를 들이마셨다", "천지를 채우는 노오란 빛과 함께 춘곤(春困)과도 같은 이해할 수 없는 나른한 혼미 속에 빠져", "노오란 햇빛이 다글다글 끓으며 들어와 먼지를 떠올려" 등의 묘사 속에서 '노오란' 색이나 냄새는 밝고 환한 이미지의 반대쪽에 서 있다. 이는 소설을 읽는 독자로 하여금

가끔 자유공원에 올라 맥아더 동상을 보며
그 맹랑하던 아이가 발자국을 세던 곳은 어디일까.
동상의 어디를 밟고 올라갔을까 생각해보곤 한다.

어느새 멀미에 가까운 메슥거림을 느끼게 한다.

오정희는 단단한 묘사의 힘으로 칼날같이 번뜩이는 문장을 구사하는 작가이다. 문장과 문장 사이는 단어 하나 끼어들 틈 없이 꽉 짜여 있다. 중국인 거리라는 공간과 그곳에서 일어나는 삽화들은 소설이라는 틀을 조금의 틈도 없이 치밀하게 직조하고 있다. 여기에는 삶의 생성과 소멸을 응시하는 존재론적 비극의 시선이 있다. 그래서 이제 겨우 6학년인 아이가 '인생이란……' 하고 중얼거릴 때, 독자 역시 책장을 덮으며 '인생이란……' 하고 조용히 읊조리게 되는 것이다. 이는 독자가 이 소설을 읽는 내내 긴장감을 놓을 수 없는 이유이자, 발표된 지 수십 년이 지난 지금도 여전히 사랑받는 이유이다.

대한제분 공장은 여전하지만 마당에 널린 밀은 없다. 멀지 않은 인천항에는 거대한 곡물 창고인 사일로가 있다. 이 사일로에 그려진 사계절과 성장을 나타내는 동화 같은 벽화는 기네스북에 등재되었다. 중국인 거리는 '차이나타운'이라는 이름으로 붉은 등을 내걸고 짜장면과 색색의 기념품과 중국풍의 먹거리를 팔고 있다. 삼국지 벽화가 그려진 담벼락을 따라 공원 꼭대기에 올라가면 여전히 노병의 동상이 서 있고 동상의 존폐를 둘러싼 논쟁이 계속되고 있다.

바다는 메워지고, 부두와 포구, 석탄을 실어 나르던 철로는 명맥만 남아 있다. 형형색색의 차이나타운과 그 반대편의 공장과 포구와 철도는 묘하게 이질감을 주며 소설 속 주인공이 느껐던 "알 수 없는, 복잡하고 분명치 않은 색채로 뒤범벅된 혼란에 가득 찬 어제와 오늘과 수없이 다가올 내일"이 아직도 지속되고 있음을 쓸쓸하게 체감하게 한다. 그래서 인천역에서 패루를 지나 차이나타운으로 올라가다가 문득 나도 모르게 뒤를 돌아, 멀리 포구와 공장의 굴뚝 연기를 바라보게 된다.

북성포구로
가는

길

양진채 단편소설 「패루 위의 고래」

어쩔 수 없다. '어쩔 수 없다'에 기대어 꼭 하고 싶은 얘기, 이곳을 얘기하지 않으면 안 되겠다 싶은 데가 있다. 북성포구가 그곳이다. 이번 경우는 소설이 먼저가 아니라 지명인 북성포구가 이 소설을 끌어왔다고 해야 하겠다. 북성포구 얘기를 하고 싶은데 아무리 찾아봐도 적당한 소설을 찾기 어려워 내가 쓴 「패루 위의 고래」*를 읽을 수밖에 없었다고 변명을 하는 것으로 글을 시작하려 한다.

---

* 『푸른 유리 심장』(문학과지성사, 2012)에 실린 「패루 위의 고래」를 대상 텍스트로 삼았다.

북성포구는 개발 논의로 뜨겁다.** 해양수산부가 북성포구를 7만 평가량 매립하겠다는 안을 내놓으면서부터다. 해수부는 북성포구 주변의 악취, 오폐수 등에 따른 환경 개선을 요구하는 주민 청원을 명분으로 매립 사업을 발표했다. 하지만 북성포구를 매립한다고 해서 주민의 숙원인 악취나 오폐수 문제가 해결되지 않는다. 결국 주민의 숙원은 해결하지 못한 채 개발을 앞세워 우선 매립하고 보자는 계획이니 우려가 클 수밖에 없다.

북성포구는 개항기 문물이 드나들던 곳이었다. 현덕의 단편소설 「남생이」의 첫 줄에 나오는 "호두형으로 조그만 항구 한쪽 끝을 향해 머리를 들고 앉은" 포구가 있었던 곳이 바로 북성포구 주변이다.

그동안 인천은 '매립의 역사'를 써왔다. 갯벌 위에 빌딩과 아파트를 지었고, 공장을 지었고, 인구 300만 경축포를 쏘아 올렸다. 그러는 사이, 항구 도시 인천은 점점 사라져 도심 근처에서 바닷물을 만져볼 수 있는 곳이 거의 남지 않았다.

인천은 작년부터 올해까지 역점 사업으로 인천가치재창조를 걸고 인천의 역사 및 문화유산, 인천의 자연환경 분야 등 인천만의 고유한 가치를 찾겠다고 한다. 하지만 인천시 관계자부터

** 이 글이 인터넷 신문 『인천in』에 연재된 시기는 2017년 1월이다. 당시 북성포구 7만 평을 매립하려는 해수부 등에 맞서 북성포구살리기시민모임이 꾸려져 북성포구 매립을 막아보려 했으나 현재는 횟집 있는 쪽만 제외하고 매립이 거의 끝난 상태이다.

북성포구의 역사는 물론, 북성포구의 존재조차 모르는 실정이다. 나 역시 북성포구를 처음 알게 되었을 때, 인천에 이런 곳이 숨어 있었다는 사실에 적지 않게 놀랐다. 그 경이로움은 포구를 찾아들어가는 길에서부터 시작된다.

그는 패루에는 눈길도 주지 않은 채 (인천—인용자)역 뒷길로 접어들었다. 녹슨 철길이 여러 갈래로 길게 엉켜 있었다. 억센 풀들이 그악스럽게 침목 사이로 뿌리를 뻗었다. 그 옆 고가 위로 드물게 차가 달렸다. 고가 아래로는 곡물이나 사료 포대를 실은 대형 화물 트럭들이 수십 대 서 있었다. 녹색 방수 천막으로 짐을 덮어 놓은 차량 옆에 고딕체로 쓰인 '곡물 수송'이라는 글자가 보였다. 비둘기들이 옥수수 알갱이가 떨어진 포도에 부리를 박았다. 비닐 천막 끝을 쪼기도 했다. 어디선가 구워구워 비둘기 울음소리가 들렸다. 화물 트럭들은 길 가득 정차되어 있었다. 왼쪽으로는 대부분 사료 공장들이었다. 밀가루 공장도 보였다. 차가 지나갈 때마다 흙먼지가 날렸다. 공장 입구에는 하나같이 '방문객 경비실 경유'라는 팻말이 달려 있었다.(221쪽)

길이 좁아지고 낮은 슬레이트집이 몇 채 보였다. 유리문의 색 바랜 선팅지에는 바지락칼국수니 주꾸미볶음이니 하는 메뉴가 간판 대신 붙어 있었다. 어두운 가게 한 귀퉁이에 포개 놓인 둥근 플라스틱 의자에는 먼지가 소복했다. 골목 입구, 게와 새우, 조개 등을 함지박에 담아 파는 곳에 몇 사람이 기웃거렸다. 바람이 불었고 바다 냄새가 났다. 그래도 포구는 보이지 않았다. 사람들이 그 가게를 왼쪽에 끼고 울타리와 높은 담장이 쳐진 골목 안으로 하나둘 사라졌다. 그가 성큼 골목 안으로 발을 들여놓았다. 왼쪽은 공장 시설물을 막기 위한 마름모꼴 철망이, 오른쪽엔 회백색 담이 있었다. 둘이 걷기에도 좁은 골목이라 그가 앞서 걸었다. 두 차례 꺾어 들자 막다른 골목 끝에 난데없이 포구가 드러났다.

포구가 있긴 있었다. 작은 포구였다. 생선을 파는 열 평 남짓한 횟집이 여남은 개 늘어선 왼편과 달리 오른편은 바로 바다 곁이었다. 포구라고 부를 수도 없을 만큼 작은 곳이었다.(222~223쪽)

이 소설을 발표하던 때로부터 10년이 더 지났다. 오른편 바다였던 곳에도 한쪽 다리는 난간에, 한쪽 다리는 갯벌 깊숙이 박은 무허가 횟집들이 들어선 지 오래다. 골목으로 접어들고 난데없이 드러나던 포구는 대부분 매립되고 포구의 흔적은 얼마 남지 않았다. 내년쯤이면 난데없이 포구를 만나는 게 아니라 주차장이나 회센터를 만나게 될지도 모르겠다.

가는 길도 지금은 더 쉬워져, 차로도 대한제분 공장 담을 따라 북성포구를 찾아들 수 있다. 북성포구가 7만 평이 매립되긴 해도 십자수로에서 배를 대는 곳까지는 남아 있다. 매립된 곳으로 인해 경치가 많이 바뀌긴 하겠지만. 어느 길로 가든 이왕이면 인터넷으로 물때를 미리 확인하고 가면 좋다. 물이 가득 차는 만조 시간에서 서너 시간 앞당겨 가면 북성포구에서만 볼 수 있는 광경이 펼쳐진다.

배가 들어온다! 누군가 외쳤다. 배가 들어오다니. 이제 겨우 물이 들어오기 시작했는데 어디로 배가 들어온단 말이지? 그런데 놀랍게도 왼편 끝에서 목선 앞머리가 보였다. 배는 흘러드는 물길을 따라 들어오고 있었다. 떠 있기도 어려울 것 같아 보이는 바닷물 길을 따라 배는 천천히 헤엄치듯 포구를 향해 다가왔다. 몇 척의 배가 뒤따라 들어왔다. 배를 따라 한 떼의 갈매기들이 포구 주변을 어지럽게 맴돌았다. 배가 석축 앞으로 다가와 보폭 넓이의 널빤지를 석축에 갖다 댔다. 따로 배를 대는 시설이 있는 게 아니라 물이 끝나는 석축 앞에 배를 대고, 널빤지로 배와 석축 사이를 이었다. 사람들이 널빤지를 밟고 걸어가 배에 내려섰다. 물이 가득 찬 바다 위에 떠 있는 배만 보았던 나는 개흙 사이의 좁은 골을 따라 배가 들어오는 광경이 좀처럼 믿기지 않았다. 그는, 그렇게 배가 들어오는 작은 물길을 골씨라고 부른다고 알려주었다.(223~224쪽)

포구로 들어온 배는 일곱 척이었다. 꽃게, 갑오징어, 병어, 젓갈용 멸치 등을 갑판 한가운데 펼쳐놓고 그 자리에서 팔았다. 그를 따라 흔들리는 널빤지를 밟고 올라섰다. 난데없이 나타난 포구이기는 했지만 골씨를 따라 배가 들어오는 광경, 싱싱한 생물을 배에서 바로 흥정해서 사는 모습 등을 구경하는 동안 못마땅한 마음

한 발은 난간에, 한 발은 갯벌에 다리를 박은 횟집도,
갯벌의 골씨도 코앞까지 다가온 매립 앞에서는 속수무책이다.

이 사라졌다. 싱싱한 갑오징어나 꽃게, 낙지 등은 산 채로 함지박 안에 담겨 있었다. 배가 나란히 붙어 있어 건너다니며 구경할 수도 있었다. 값도 그날 들어온 배와 사러 온 사람들의 수에 따라 결정되고, 배가 막 들어왔을 때와 시간이 지난 후의 값이 또 다르다고 했다. 이 배 저 배를 건너다니며 물건을 보고 값을 묻던 사람들이 하나둘 검은 비닐봉지에 무언가를 사 들고 뱃전을 나섰다. 병어를 잔뜩 사던 아주머니가 50년 가까이 이 도시에 살았지만 여긴 처음 와본다고 했다. 잘 알려지지 않은 포구이긴 한 모양이었다. 문득 똥바다요? 하던 아저씨가 떠올랐다. 그러니까, 이 동네의 바다가 똥바다로 불렸다는 걸 아는 사람 정도는 돼야 이 포구를 찾을수 있을 것 같았다.(224~225쪽)

이 광경을 보기 전까지 모든 배는 출렁이는 바다 위로만 다니는 줄 알았다. 개흙 사이의 좁은 골, 그러니까 골씨를 따라 들어오는 물 위로 배가 들어오는 걸 직접 보지 않으면 누가 상상할 수 있을까.

배가 들어오면 들어온 배들끼리 서로 옆구리를 맞댄다. 선상 파시라고 배 위에서 갓 잡아 온 싱싱한 해산물을 사고팔 수 있는 장이 펼쳐지는 것이다. 배가 들어와 포구에 자리를 잡으면 사람들은 그 배에 올라가 배를 건너다니며 그때그때 잡아 온 생선이나 생새우, 꽃게 등을 살 수 있다. 우리나라 어디서 이런 경험을 할 수 있을까. 북성포구의 두 번째 묘미가 여기에 있다.

북성포구의 오폐수 문제를 해결할 수 있는 정화 시설을 만들고, 공장에서 뿜어져 나오는 냄새를 규제한 다음, 선상 파시를 적극적으로 살려내고 홍보한다면 새로운 곳을 찾아 언제든지 달려올 준비가 된 수많은 사람들의 감탄을 만날 수 있으리라 생각한다. 주차장이나 회센터, 혹은 둘레길을 만들어 어디에서나 볼 수 있는 특색 없는 공간으로 조성하지 말고, 갯벌을 살리고, 주변 환경을 개선하고, 배가 들어오고 사람이 찾아들 환경을 만든다면 그것이야말로 북성포구를 살리고 제대로 개발하는 것이라는 생각을 지울 수 없다.

북성포구를 발견한 뒤로 여러 번 그곳을 찾았다. 일부러 물때를 확인하고 나서는 경우가 많다. 생새우를, 꽃게를, 병어를 샀다. 운 좋게 사진작가들이 가장 좋아한다는 북성포구의 노을을 볼 수도 있었다. 사진작가들은 일몰의 붉은 해를 배경으로 갯벌과 물길과 공장의 연기를 카메라에 담았다. 이런 풍경을 어디서 만날 수 있단 말인가. 이 바다가 똥바다로 불렸다는 걸 아는 정도는 돼야 이 풍경을 볼 자격이 있지 않을까.

소설 속에는 한때 치열하게 세상의 변혁을 꿈꿨으나 지금은 간 이식을 받고 포구를 찾아든 선배와 그를 따라온 '나'가 있다. 그들 앞에 펼쳐진 북성포구의 골씨를 따라 들어온 배, 그 배에서 포구의 난간으로 옮겨진 고래 한 마리가 있다. 고래는 청춘과 함께한 시대가 지나갔으나, 그래도 누군가의 가슴에 아직 살아 있는 꿈의 자취처럼 보인다.

들어오는 배는 많지 않아도 넉넉히 자리를 잡고 그물을 깁는 어부는
심심치 않게 볼 수 있다. 멀리 보이는 목재 공장이 북성포구임을 증거한다.

나는 배가 들어왔던 골씨, 아직 물이 빠지지 않아 그 길을 드러내지 않은 물길을 바라보았다. 석축 난간 위 안개에 둘러싸여 있는 고래가 그물에 걸려 죽은 뒤 배에 실린 채 이 작은 골씨를 따라 들어온 게 아니라 고래가 골씨를 따라 헤엄쳐 이름 없는 포구를 찾아온 것은 아닌가 하는 생각을 했다. 준설선이 메워지는 골씨의 개흙을 퍼내고 그 길을 따라 고래가 들어온다. 고래도 이 포구로 들어오는 골목 어귀쯤에서 '똥바다' 암호를 댔을지도 모른다.(240쪽)

그래서 고래가 그물에 걸려 북성포구까지 오게 된 것이 아니라, 골씨를 따라 헤엄쳐 온 것은 아닐까 생각하게 되는 것이다.

그와 나는 얽힌 선로와 사료나 곡물을 실은 트럭 사이를 걸어 역으로 왔다. 그러고 보니 포구에서 멀지 않은 곳인데 역 근처에는 안개가 끼어 있지 않았다. 그의 머리에 하얗게 안개비가 얹혀 있었다. 포구를 다녀온 징표 같아 보였다. 물기를 털어주었다. 내 머리도 쓸었다. 손바닥이 축축하게 젖었다.(242쪽)

나는 우리가 찾아들던 골목이 어디쯤인지 가늠해보았다. 그 너머의 작은 포구와 그 포구 난간에서 안개비를 맞고 있을 고래도 떠올렸다. 바닷물이 들기 시작하면 골씨를 따라 힘겹게 헤엄쳐 오는 고래가 보일 것도 같았다.(243쪽)

울적한 심사가 될 때, 붉은 노을보다 더 짙은 울음을 삼키고 싶을 때, 지치고 힘들어 어딘가에 말없이 기대고 싶을 때, 북성포구는 쓸쓸하고 황량한 모습을 한 채 그 자리에 그대로 있어준다. 그렇게 북성포구는 골씨를 따라 배가 들어오듯 우리 마음속에 남아 있다.

인천이라는
지도를

들고

김금희 단편소설 「너의 도큐먼트」

「너의 도큐먼트」*는 소설가 김금희의 2009년 『한국일보』 신춘문예 등단작이다. 김금희는 1979년 부산에서 태어나 인천에서 성장했다. 등단작 「너의 도큐먼트」 외에도 단편소설 「아이들」, 「정글숲을 헤쳐서 가면」 등에도 인천의 여러 장소가 등장하고, 장편소설 『경애의 마음』(2018)에도 인천 인현동에서 일어난 학생들의 화재 참사 사건이 중요한 서사적 모티브로 등장한다.

「너의 도큐먼트」는 사업 실패로 신용불량자가 되어 괴도 '뤼

---

* 『센티멘털도 하루 이틀』(창비, 2014)에 실린 「너의 도큐먼트」를 대상 텍스트로 삼았다.

뺑'처럼 사라졌다가는 몇 달 만에 한 번씩 집에 들르는 아버지를 찾아 나서는 이야기가 큰 축이다. 아버지를 찾아 인천을 뒤지는 것이다. "부채처럼 착착 접으면 세로가 삼십 센티미터쯤 되는" 지도를 들고 말이다. 엄마가 갈산, 계산, 계양 등 인천의 북쪽을 뒤지고 '나'가 주안, 신포동, 자유공원 등 서쪽을 뒤지기 시작한다.

전화기에 찍힌 발신번호는 '76'으로 시작했다. 나는 아버지가 동인천 근처에 있다고 확신했다. 항구로 향하고 있던 내 지도상의 추적 라인은 정확했던 셈이다. 역에서 신포동까지, 다시 차이나타운까지 걸으며 만나는 공중전화마다 내 휴대전화로 전화를 걸었다. 나는 아버지가 다시 돌아올 거라는 엄마 말을 믿지 않았다. (50쪽)

중구청을 지나 차이나타운으로 향하는 길은 자동차 하나가 겨우 지날 만큼 폭이 좁았다. 옛 조계지 시절에 지은 건물들을 따라 오르면 치파오와 중국 신발, 효자손과 나무칼 같은 기념품을 파는 노점상이 나온다. 나는 그 앞을 기웃거리다 손지갑을 하나 샀다. 낮에는 자유공원에 올라 장기 두는 노인을 지켜보거나 파라다이스호텔 주차장에서 항구를 내려다보았다. 저녁에는 얕은 둔덕을 줄지어 오르는 가로등이 나를 자꾸 걷게 했다. 쇠락한 거리와 어울리게 내 걸음도 느릿느릿했다. 박문사, 중구대서소, 칠성통상, 신공항 공인중개사, 중앙동커피점을 지나 드디어 홍등의 무리가 나타나면

하루의 추적을 마감하고 집으로 돌아갔다.(50~51쪽)

　요즘은 가족 모두 휴대전화를 가지고 있어서 소위 '집 전화'가 없는 경우가 많다. 집 전화는 많은 정보를 준다. 인천은 지역번호가 032이다. 76은 중구, 70은 동구다. 주인공은 전화번호를 통해 아버지가 중구 동인천 근처에 있을 것으로 확신하고 그 주변을 뒤진다. 작가는 주인공이 아버지를 찾아 뒤지는 거리를 사진으로 찍은 것처럼 정밀하게 묘사를 해놓아 지역을 알고 있는 독자에게는 저절로 그림이 그려진다.

　결국 주인공인 '나'는 아버지를 발견한다. 곳곳에서 아버지와 비슷한 뒷모습을 만난 지 한참 만이다. 그렇게 아버지를 발견했지만 아버지와 마주치지 않는다. 집으로 돌아와서도 아버지를 보았다는 얘길 하지 않는다. 다시 찾아갔을 때는 아버지가 자신을 발견할 수 있도록 앞에서 걷는다. 부녀의 만남은 좀처럼 성사되지 않는다. 망설일 뿐이다. 중화가 입구 야외공연장에서 경극을 보고 서커스를 보고, 그러다 도로를 사이에 두고 같은 거리를 "밀며" 걷는다. 아버지도 '나'도 그 거리를 가로지르지 않는다. 내내 그 간격을 유지하다 '나'는 버스에 올라탄다. 그리고 아버지를 찾아 나서는 동안 나달해진, 속지가 드러난 지도를 찢어버린다. 그러면서 누군가 자신의 어깨를 잡아채며 속삭이는 소리를 듣는다. "이제 남은 텅 빈 도큐먼트야말로 네 것이라고."

차이나타운 중국문화축제 기간에는 평소보다 더 붉은 빛깔이 출렁인다.

이렇게 아버지 찾기가 지도 위에 동그라미나 엑스를 표시해 가며 찾는 일이라면, 갑자기 죽은 친구인 여미를 찾아가는 길에는 주소가 있다. 여미의 집 앞에는 여미와 같은 성을 가진 문패가 있다. 그러나 여미와 꼭 닮은 동생은 여미의 존재를 부정한다. '나'는 그 집에서 생선을 굽고 된장찌개를 끓이는 냄새를 맡는다. 돌아오는 길, 여미를 잊고자 하는 감정과 기억하고자 하는 감정 속에 얼굴이 젖었다 마른다. 이는, 아버지를 만났을 때 끝내 도로를 사이에 두고 만나지 않는 감정과 겹친다.

이 소설은 시종 차분하게 '나'의 감정이 어떤 것인지 설명하지 않은 채 일상을 드러낸다. 감정을 과장하는 일도 없이, 일상을 극화하는 일도 없이 그냥 보여준다. 그냥 보여주고 있는데 서커스 장에서 훌라후프를 떨어뜨린 소녀처럼, 밴댕이 횟집이 몰려 있는 곳에서 "청추우운을 돌려다오, 젊음을 다오" 노래하는 여장을 한 남자를 보는 것처럼 뭔가가 가슴을 훑고 지나간다.

소형 트럭을 몰고 싶어 하는 엄마는 가게에 차양을 달 것이다. 여미가 죽었어도 녹색 대문 집 사람들은 저녁이면 생선을 구울 것이다. 내가 이해하지 못해도 주용의 카메라는 계속 여미를 찍을 것이다. 심지어 시간이 흐르면 실리콘 밴드와 풍선조차 채주의 몸이 될 것이다.(57쪽)

삶은 지속된다. 그것이 어떤 방향이냐와 상관없이, 각자의 몫대로, 각자 자신이 만든 지도를 들고.

이 소설은 아버지 찾기를 통해 삶은 격동적이지도, 슬프지도, 아름답지도 않은 채 담담히 흘러가고 있음을 보여준다. 배경이 된 중구청에서 차이나타운, 밴댕이 거리까지, 옛 조계지 시절의 건물의 쇠락과 야외공연장의 경극과 서커스, 여장 남자의 청춘을 돌려달라는 트로트, 이 모든 것들이 만들어내는 부조화는 덤덤한 듯 걷는 나의 심정처럼 얽혀 있다.

소설을 다 읽고 난 뒤 문득 이형기 시인의 시 「낙화(落花)」의 한 대목이 떠올랐다. 왜인지는 모르겠다.

가야 할 때가 언제인가를

분명히 알고 가는 이의

뒷모습은 얼마나 아름다운가.

연안부두의
메마른 바다를 바라보며

'짜이지엔'

김미월 단편소설 「중국어 수업」

헤어질 때 하는 중국말 '짜이지엔'은 '안녕'이라는 작별인사거나, '다시 만나자'는 기약의 인사다. 「중국어 수업」[*]은 짜이지엔이라는 인사처럼 하나의 단어지만 대칭점을 품고 있는, 그 양극 사이의 이야기를 하고 있다.

작가는 인천 연안부두와 인천행 전철을 주 무대로, 복잡하기 그지없는 전철 안의 인간군상, 낭만이 있는 바다가 아닌 기름 냄새가 역한 바다, 학생 신분으로 들어와 돈벌이가 우선인 중국인 대학생들, 3개월마다 재계약해야 하는 중국어 강사의 삶 등

---

[*] 『아무도 펼쳐보지 않는 책』(창비, 2011)에 실린 「중국어 수업」을 대상 텍스트로 삼았다.

을 이야기한다. 소설을 읽다 보면 어쩐지 소설에 나오는 인물도, 장소도, 이야기도 내 삶의 일부분처럼 구차하게 느껴진다.

신도림역에서 승객들이 대거 하차하고 나면 열차는 방학식이 막 끝난 학교 운동장처럼 갑자기 한산해진다. 문제는 그때쯤이면 그녀가 이미 전의를 상실한 상태가 돼 있다는 것. 승객들과 밀고 밀리는 통에 머리는 헝클어지고 화장은 번지고 치마는 구겨진 꼬락서니도 그러하거니와, 무엇보다 정신이 꼭 얼었다 녹은 삼겹살처럼 너덜너덜해져 있는 것이다.(86~87쪽)

인천의 바다는 늘 거대한 선박이며, 컨테이너박스 따위를 나르는 크레인들이 분주하게 움직이는 곳이었다. 가까이 다가가면 갯내보다 기름 냄새가 더 진하게 맡아지는 곳이기도 했다. 언제 어느 쪽에서 바라보아도 희미하기만 한 수평선. 시멘트 부두에 부딪혀 출렁이는 바다는 푸른빛이 아니라 잿빛이었다.(99쪽)

서울에 사는 주인공 수에게 인천행 지하철은 고단하게만 느껴진다. 게다가 인천 바다는 메마르고, 아무런 위안도 주지 못한다.

읽다 보면 영화 「고양이를 부탁해」(감독 정재은, 2001)의 영상이 비추던 남루한 구석과 많이 닮아 있다. 어떻게든 서울에서 번듯한 직장을 잡으려고 애쓰던 혜주가 아니라 포구를,

부두를, 비좁은 골목과 선로를 비추던 영상 말이다.

앞서 소개했던 소설이 인천에 살고 있는 주인공을 다뤘다면, 이 소설의 주인공은 전문대학의 부설 한국어학원에서 한국어를 가르치느라 서울에서 인천으로 출퇴근하는 인물이다. 아무래도 인천이라는 지역을 한 발짝 물러난 시선으로 관망하게 된다. 낭만이라고는 없는 바다며, 버젓이 대로변에 있는 옐로우하우스가 속절없이 드러난다. 내 민낯을 드러내 보이는 것 같아 창피해진다. 이럴 때 인천에 산다는 게 좀 그렇다. 가난하고 구차한 세간살이가 햇빛 속에 환히 드러난 느낌이랄까.

대작 위주의 영화 배급 시장에서 밀려났던 영화 「고양이를 부탁해」를 인천에서 재상영하며 살리려고 할 때, 한쪽에서 인천광역시의 번듯한 곳을 두고 하필 저렇게 후미진 곳에서 촬영한 영화를 인천 영화라고 홍보하느냐고 거세게 항의를 했다는데 어째 나도 그러고 싶은 심정이다. 나도 그런 곳을 찾아 소설의 무대에 올리면서도 말이다. 내가 나를 보여주는 건 괜찮은데 누가 말도 없이 덜컥 우리 집 방문을 열면 기분 나쁘던, 떠돌던 사춘기 시절의 어느 때 같다.

그런데 이렇게 별 볼 일 없는 곳에 별만큼은 아니어도 제법 짠하고 따뜻한 얘기가 있다. 김미월 소설이 빛을 발하는 지점이다.

복잡했던 아침, 인천행 지하철은 종점으로 다가갈수록 사람이 줄어들고, 늘 비슷한 시간에 타는 사람들은 말은 안 해도 서로의 얼굴을 대충 알고 있다. 그러다 어느 정도 시일이 지나면 늘 타던 사람이 안 타면 궁금해지는 지경이 된다. 여기 중국어를 공부하는 화교 남매가 있다. 인천역 자유공원 올라가는 길에 있는 화교 학교에 다니는 아이들이다.

녀석들은 열차에 오르자마자 사방을 두리번거리며 빈자리가 두 개 이상 널찍하게 이어지는 좌석을 찾는다. 그러고는 달려가 앉는 대신 그 자리에 책을 올려놓는다. 그런 다음 둘이 나란히 열차 바닥에 무릎을 꿇고 앉는다. 공부를 시작하는 것이다.(89쪽)

또 한 명, 중국어를 공부하는 사람이 있다. 검버섯이 피어난 얼굴이지만 허리가 꼿꼿한 노인은 어쩐 일인지 아이들 엄마에게 간단한 중국어를 물어보고 배운다.

"그러니까…… 며느리를 중국말로 뭐라고 합니까?" (……)
"그럼 밥 먹었느냐는 말은 중국말로 뭡니까?"(90~91쪽)

이렇게 열차 안에는 중국어 공부를 하는 화교 아이들과 노인이 있다. 정작 중국어 강사인 수는 무심히 그들을 관찰할 뿐이다. 수는 연안부두 근처에 있는 조그만 전문대학의 부설 한국어학원에서 중국인들에게 한국어를 가르치고 집으로 돌아가는 길에 장기 결석하고 있는 쓰엉을 옐로우하우스 근처에서 우연히 본다. 쓰엉은 누군가를 찾고 있다. 수는 버스에서 내려 그런 쓰엉과 연안부두 가는 길에 있는 횟집에서 밴댕이회무침을 먹는다.

두 사람은 부두 근처의 횟집에서 밴댕이 안주를 곁들여 소주를 마셨다. 참기름을 많이 넣고 맵게 비빈 밴댕이회무침을 쓰엉은 의외로 잘 먹었다. 제 앞의 그릇을 깨끗이 비우고 밑반찬으로 나온 간장게장도 꼼꼼히 발라먹었다.(98~99쪽)

연안부두 가기 전, 밴댕이회무침을 잘하는 음식점이 줄줄이 있다. 실제로 거기에서는 아마도 불법으로 잡았을 어린 꽃게를 간장게장으로 내놓는다.

수가 쓰엉에게 늦었다고 얼른 집에 가자고 얘기하며 집이 여기서 얼마나 걸리느냐고 물었을 때, 쓰엉은 배 타고 24시간이라고 대답한다. 쓰엉에게 한국에서의 집은 집이 아닌 것이다.

쓰엉이 옐로우하우스까지 기웃거리며 찾던 사람은 쓰엉의 애인이었지만 그 애인은 지하철에서 만났던 노인의 며느리가 되어 있었다. 결국 노인의 집에서 행패를 부린 쓰엉은 불법취업이 밝혀져 강제 추방된다. 노인과 며느리가 선처를 부탁하지만 소용없다.

"……짜이지엔."

쓰엉도 웅얼거리듯 대꾸한다. 바로 옆에 있는 사람이 아니면 알 아들을 수 없을 만큼 작은 목소리다. 수는 쓰엉과 여자를 번갈아 쳐다본다. 헤어질 때 하는 인사말, 짜이지엔. 어쩌면 두 사람은 서로 다른 의미의 인사를 하고 있는지도 모른다. 한 사람은 영원한 안녕의 인사를, 다른 한 사람은 다시 만나자는 기약의 인사를 한 것인지도.(109쪽)

다시 수는 계약이 연장되어 몇 안 되는 중국인 학생들을 가르치러 인천행 전철을 탄다. 아이들도, 수에게 쓰엉이 입을 점퍼를 전해달라던 노인도 여전하다. 수는 인천역에 다다라 열차 전광판이 다시 서울로 바뀌는 걸 본다. 그러나 수의 목적지는 이곳이다.

소설 속 인물들의 삶은 고단하다. 인천행 지하철이 지옥철과 다름없고, 그녀가 가르치는 대학의 중국인 학생들은 공부보다는 불법취업을 위해 와 있고, 그녀 역시 3개월마다 재계약해야 하는 언제 잘릴지 모르는 강사다. 삶은 기름 냄새 나는 메마른 바다와 다를 바 없다. 낭만이나 여유가 끼어들 틈이 없다.

인물들은 주어진 삶을 묵묵히 산다. 열차 바닥에 무릎을 꿇고 공부를 하는 아이들이나, 며느리와 대화하기 위해 짧은 중국어를 배우려는 노인이나, 한때는 연인 관계였을 쓰엉과 노인의 며느리나, 뒤늦게 나타난 노인의 아들이나 모두 모나지 않았다. 지극히 선량한 사람들이다. 그래서 소설을 읽고 나면 오

래도록 잔상이 남는다.

　수시로 타고 다니는 인천행 열차, 종점, 연안부두 등이 소설가 김미월에 의해 가감 없이 펼쳐진다. 담담하게 보여주는 것. 서로의 삶을 침해하지 않고, 각자의 삶을 존중하며 살아가는 것. 짜이지엔의 '안녕'과 '다시 만나자' 사이에 존재하는 무수한 삶의 편린들처럼. 「고양이를 부탁해」처럼 누추함을 껴안고 살아가는 인물들에 대한 작가의 따뜻한 시선이 좋다. 이 소설이, 작가가 빛나는 이유다. 다른 이가 아닌 김미월이라는 작가가 그려낸 인천행 열차와 연안부두, 그 안에서 삶을 사는 인물들이어서 다행이고 고맙다.

　슬슬 날이 풀리면 나도 소설 속 인물들이 거쳐 갔던 밴댕이횟집에 밴댕이회무침을 밥에 쓱쓱 비벼 먹으러 가야겠다. 벌써부터 입안에 침이 고인다.

연안부두엔

춘자가
산다

이수조 단편소설 「춘자」

　　　　김미월의 「중국어 수업」이 타지에 사는 사람
의 시선으로 인천 연안부두를 바라보았다면, 이수조의 「춘자」*
에 나오는 주인공 '춘자'는 연안부두에서 제왕여인숙을 운영하
며 사는 인물로 삶 자체가 연안부두와 궤를 같이한다. 실제 소
설가 이수조는 오랫동안 연안부두가 바로 보이는 아파트에 살
면서 누구보다도 연안부두에서 느껴지는 삶의 생리, 바다의 생
리, 부두의 생리를 잘 아는 작가가 되었다.

---

* 『춘자』(문학나무, 2019)에 실린 표제작 「춘자」를 대상 텍스트로 삼았다.

학교에선 선생님들이 질문할 때마다 저 뒤에 키 큰 춘자가 말해 볼까, 하고 쉽게 지목했다. 동네 어른들도 춘자를 불렀다. 장기 둘 때나, 화투를 칠 때 패가 잘 나와도 불렀고 잘 못 나올 땐 욕을 섞어가며 불렀다. 심지어 술을 마실 때도 불렀다. 남자아이들은 집 밖에서 춘자야 놀자 하며 큰 소리로 부른 후 달아나곤 했다.(133쪽)

춘자라는 이름 작명이 기막히다. 어쩐 일인지 춘자라는 이름은 한때 보편적인 이름 중 하나였는데 이름으로서가 아니라 장난처럼, 놀림처럼, 감탄처럼 불린다. 왜 그럴까. 이쯤에서 연안부두를 생각해보자. 연안부두는 배들이 들어와 사람들을 싣고 섬으로, 바다로 떠나고, 또 섬이나 바다에 나갔던 사람들을 부리는 곳이다. 매일 많은 배가 들고 나지만 누구도 연안부두 자체에 묶이는 법은 없다. 종착지가 아니라 간이역처럼 부두는 한 떼의 사람들이 몰려들었다가 빠지기를 반복하는 곳이다. 이름이지만 그 자체로 불리지 못하는 춘자와 부유하는 인간들이 중심이 되는 부두가 묘하게 닮아 있다고 느껴지지 않는지.

작가가 그리고 있는 연안부두는 여인숙을 중심으로 바다의 삶들이 모여 있는 곳이다. 폭력을 일삼았던 아버지와 그런 아버지로 인해 생을 버린 엄마에 대한 상처를 품고 남편의 폭력에 폭력으로 맞선 춘자, 아이를 낳은 얼마 뒤 집을 나간 아내를 10년 넘게 찾아다닌 정, 남자에게 몸을 팔아 돈놀이를 하는 늙은 해파리 등, 모두 지독한 삶을 살지만 최소한 남 등쳐먹지 않고 성실하게 사는 인물들이다.

춘자의 시선에 잡힌 연안부두를 보자.

그들에게서 시선을 돌려 부두를 바라본다. 비릿하고 촉촉한 바람이 머리카락처럼 목을 휘감는다. 기분이 울적하다. 장기를 두는 평상 가까이 앉아서 꼬박꼬박 조는 사이 선착장엔 노을이 자욱이 쌓였다. 배에서 내린 사람들이 노을 속에서 걸어 나온다. 그러나 여인숙 쪽으로 길을 건너는 사람은 없다. 붉은 하늘을 빙빙 돌던 갈매기 두어 마리만 여인숙 위로 날아온다. 이젠 갈매기들을 여인숙에 받아들여야 할까 보다. 여름이 끝나면 항만에서 일하는 장기 투숙객 몇 사람만 남고 여인숙은 텅텅 빈다.(129쪽)

아내를 쫓던 정은 연안부두에 와서야 자리를 잡는다.

연안부두 좋네요. 파도 소리도 들리고요. 비가 오면 비가 와서 좋고, 바람이 불면 바람이 불어서 좋네요. 훨훨 나는 갈매기도 보기 좋심더. 풍경도 좋고, 누님 인심도 좋아서 그만 떠돌아 댕기고 여기 주저앉을랍니더.(138쪽)

연안부두는 그런 곳이다. 떠나든 머무르든, 아무런 조건도 없이 그저 닻을 내릴 수 있게 자리를 내주는 곳. 할머니 해파리는 어떤가.

여자는 이곳 연안부두에서 잘 알려진 할머니 해파리다. 해파리
는 어시장에 즐비하게 들어선 회센터에서 호객 행위를 하는 사람,
말하자면 삐끼다. 여자는 해파리 노릇으로 번 쥐뿔도 안 되는 돈을
가지고 뱃사람을 상대로 돈놀이를 한다. 어시장 앞에서 덩치 큰 남
자와 드잡이를 하는 것을 심심치 않게 보았다. 오래전에 남편과 아
이들을 버리고 해파리로 살아가는 여자였다.(137쪽)

오로지 돈을 벌기 위해 자식과 남편을 버리고 해파리로 살아
가는 여자다. 회센터 앞에서 호객 행위를 하지만 때때로 늙음
을 화장으로 가리고 빨간 하이힐을 신으면서 젊은 남자와 제왕
여인숙에서 죽을 듯 욕정을 풀기도 하는 해파리야말로 부두와
직선으로 닿아 있다. 부두의 삶은 가식이 없다.

남편이 떠난 후에도 바다는 연일 흙으로 메워졌다. 창문만 열면
바로 앞에서 출렁대던 바다는 자꾸만 멀어져 갔다. 바다가 육지로
변한 자리에는 모텔과 해수탕과 대형 음식점과 해양광장까지 완벽
한 위락 시설을 갖춘 관광위락단지가 형성되었다. 지난해엔 선팅
지로 안을 가린 이층 창문에 '장기방 우대 월 30만원'이라고 써 붙
였다.(149쪽)

춘자의 삶 역시 다를 바 없다. 출렁이던 바다가 육지로 변하
면서 모텔과 대형 음식점들이 들어서고, 제왕여인숙은 제왕의

자리를 내놓은 채 달방을 놓아야 하는 신세로 바뀐다.

제왕여인숙은 우람한 은행나무에 제왕여인숙의 '왕' 자와 '숙' 자가 가려져 '제 여인'으로 보인다. 여인숙의 주인이든, 손님이든 제왕을 꿈꾸지만 그 누구도 제왕이 될 수 없는 삶. 그래서 망망대해의 바다가 아니라 바다와 육지의 경계, 배가 닿았다가는 떠나는 부두의 무수한 발자국들처럼 삶은 스산하다. 그래서 작가는 말한다.

덩치 큰 남자는 작고 늙은 여자의 어깨를 끌어안았다. 남자의 품에 안겨 걸음을 옮기던 여자가 나를 돌아보았다. 스트레스를 맘껏 풀고 난 다음의 밝은 표정이다. 마지막 남은 노을 한 자락이 그 여자의 머리 위에 걸린다. 빨간 구두 소리가 당당하게 들려왔다. 해파리 여자는 그 순간 사실상 제왕이었다. 그들은 바다로 난 길을 따라 어둠 속으로 걸어갔다.(155쪽)

연안부두의 '연안'과 '부두'는 그 단어들을 가만히 발음해보면 뭔가 따뜻하고 둥근 느낌이다. 어쩐지 내겐 그 단어들 속에서 파도치는 거친 삶이 느껴지지 않는다. 그런데도 '연안부두'는 늘 뜨내기처럼 느껴진다. 정작 뜨내기는 잠깐 회를 먹거나 사러 왔다가, 연안여객터미널에서 배를 타고 섬 어딘가로 갔다 나오는 이들일 뿐, 부두는 늘 묵묵히 제자리에 있는데 말이다.

연안부두에 정박한 배들과 만조의 출렁이는 물결 소리 속에서도
술에 취한 듯 벤치에서 잠든 사내.

정은 처연한 눈빛으로 나를 바라보았다.

누님요, 쇳덩이는 아무것도 아니라예. 해머로 두들겨 패고 불로 녹이면 안 되는 기 없심더. 쇳덩이보다 더 무겁고 단단한 기 사람 맘인 기라요.(142쪽)

이수조는 연안부두에서 살아가는 인간군상의 삶을 리얼하게 보여주고 있다. 인터넷이나 뒤지고 자료 조사를 해야만 알 수 있는 것들이 아니라, 아예 삶을 그곳에 몸담고 있어야만 나올 수 있는 언어와 문장들이 소설 속에서 바닷물보다 더 높게 출렁인다. 소설을 읽다 보면 연안부두 뒷골목 어디쯤 가면 제왕여인숙도, 그 여인숙의 카운터에 앉아 있을 '나'도, 늙은 해파리도 만날 수 있을 것 같은 생동감이 들어, 연안부두로 달려가고 싶어진다. 부두에서 바람이 방향을 바꾸는 것도, 방파제에 부딪히는 파도 소리도, 노을이 내리기 시작하는 바다도 보면서 '정'처럼 "연안부두 좋네요" 말하고 싶다. 그러면서 그들과 질펀하게 소주잔을 돌리며 "연안부두 떠나는 배야"를 외쳐 부르고 싶다.

"사랑해, 사랑해. 죽도록 사랑해. 춘자야 보고 잡다. 시팔."
깡소주를 비우며 안타까움을 토해냈지만 결국 모두가 떠난 자리, 여인숙 허름한 벽에 낙서처럼 남아 있을 것이 분명한 춘자도 그때쯤이면 투명한 소주를 들이켜고 저 떠나는 배를 아쉬움 없이 털어버릴 수 있지 않을까.

부평 삼릉에서
부르던

'노란 샤스 입은 사나이'

이목연 단편소설 「거기, 다다구미」

우선 제목을 보자. 「거기, 다다구미」.* '거기'
와 '다다구미'.

'거기'는 얼마만큼의 거리일까. 작가는 다다구미로 쑥 들어
가려 하지 않는 듯 보인다. '거기'만큼의 거리를 두고 있다. 소
설 속에 답이 있을 터이다.

소설은 홈스테이를 열고 있는 지숙과 미국에서 날아온 나이
든 순자의 교차 시점으로 이루어진다. 순자는 1960년대 후반

---

* 테마 소설집 『인천, 소설을 낳다』(김진초 · 이목연 · 신미송 · 정이수 · 구자인혜 · 양진
채, 케포이북스, 2015)에 실린 단편소설 「거기, 다다구미」를 대상 텍스트로 삼았다.

이나 70년대 초반 애스컴 근처 클럽에서 노래하던 가수였고, 한때 다다구미에서 살았지만 미국으로 건너간 뒤 미세스 마틴이라는 이름으로 되돌아와 지숙의 집에 묵게 된다. 순자가 한국에 온 이유는 그때 자신이 살던 곳, 노래하던 클럽을 찾기 위해서다. 엄밀히 말하면 클럽에서 함께 기타를 치며 악단을 이끌던 악단장인 '그'를 찾기 위해서다. 순자는 지숙의 도움으로 자신의 청춘이 묻혀 있던 곳을 찾게 되지만 결국 '그'를 만나려 하지 않은 채 다음 날 여인숙에서 숨을 거둔다.

애스컴은 부평에 있는 미군 부대다. 이 자리에는 일제 때 조선총독부가 국민총동원령을 공포하며 젊은이들로 근로보국대를 편성하여 무기를 제조하던 군수 기지, 조병창이 있었다. 군수물자를 만들던 곳이니 하청업체도 많았다. 다다구미는 하청업체의 이름이었다. 다다구미 사택을 중심으로 무허가 판잣집이 들어서기 시작했다. 일제 패망 후 조병창 기지 자리에 애스컴이 들어와 주둔하자 사람들이 미군 부대와 멀지 않은 다다구미 자리에 다닥다닥 집을 짓고 살게 되었다. 이 동네를 다다구미가 있었던 곳이라 해서 다다구미라고 부르게 되었는데, 아직까지도 다다구미라고 불러야 그나마 찾을 수 있다.

"삼릉이라면, 이 동네에 무슨 유명한 능이 있었나 보죠?"
갑자기 찾아온 침묵이 어색해서 내가 끼어들었다. 삼릉에 대한 유래를 한동구 씨가 풀어놓았다. 일제 말 대륙 진출을 꾀하던 일본이 우리나라에 히로나카라는 군수물자 공장을 세워 무기를 생산하다가 일본 패망 직전에 망하고 우리가 알고 있는 미쓰비시(三菱)중공업이 그 회사를 물려받게 되었다. 그 공장 주변에 노동자들을 위해 생긴 사택이 삼릉사택이었단다. 삼릉은 미쓰비시의 한자어였다.(93쪽)

삼릉을 모르는 사람들은 다들 지숙처럼 능이 있는 곳이라고 생각한다. 삼릉은 미쓰비시중공업에서 온 말이었다.

삼릉에는 미군들을 상대하는 클럽이 여러 곳 있었다. 많은 뮤지션들이 삼릉으로 몰려들었다. 뮤지션들은 노래에 연주와 춤까지 한 팀을 이뤄 공연을 했다. 한 달에 한 번 등급 시험이 있었고, 그 등급에 따라 장교클럽, 하사클럽, 사병클럽으로 연주할 수 있는 곳이 나뉘었다. 클럽의 급에 따라 분위기도 달랐고 대우도 달랐다. 악보도 없던 시절, 더블A를 받으려면 아예 음을 통째로 외우고 똑같이 따라 해야 했다. 음악 실력은 얼마나 원곡과 같이 연주하고 부르느냐에 달려 있었다. 공연료를 술로 대신 받는 경우도 있었는데, 오히려 똑같은 금액이어도 술은 시중에서 훨씬 비싸게 팔 수 있었다. 순자도 그때 그 클럽에서 노래하던 가수였다.

"사람들은 그곳을 다다구미라고 불렀어요. 미군 부대 앞이었지요."

그녀를 차에 태운 채 그 주소지를 찾아보려 애를 썼다. 하지만 부평역 앞에서 만난 사람들은 그곳에 대해 알지 못했다.

"미군 부대는 저 아래로 내려가면 있어요. 그쪽을 신촌이라 부르는데……"

인근 부동산에서 부평 토박이라는 사람을 만나서야 비로소 그녀의 얼굴에 화색이 돌았다. 그는 한동구라고 자신을 소개했다.

"예전의 부평이 아니지요. 전에는 부평 일대 60만 평이 미군 부대였어요. 어디를 찾는지 몰라도 60년 전에 살던 곳을 찾는 게 쉽지 않을 겁니다."

그들의 입에서 나오는 지명은 생소했다.

"다다구미라면 일본 놈들이 물러가고 난 뒤에 생긴 판자촌인데. 저기 백운역까지 여기 산곡동 일대에 수백 채나 되었지요. 그땐 자고 나면 수십 채씩 들어섰으니까요. 거길 신촌이라 불렀는데……"
(89~90쪽)

60만 평의 미군 부대가 있던 자리에는 지금 아파트와 백화점, 공원이 들어서 있다. 상전벽해가 된 것이다. 그녀가 순자가 아니라 미세스 마틴이 된 것처럼.

"나도 미군 부대 식당에서 요리사를 했다우. 내 덕에 꽤 많은 사람들이 배를 채웠지. 엄청 빼돌렸어요. 너나 할 것 없이 굶주리던 시대였잖아요. 식당에서 남는 물건은 죄다 음식물 쓰레기통에 넣

부평구문화재단의 「당신의 아름다운 시절」 포스터

었지. 아주 못 먹을 건 따로 버리고 먹을 만한 걸 모았거든. 그날 쓰고 남은 건 새 깡통이고 뭐고 함께 넣었다니까. 초창기에는 감시가 그리 심하지가 않았어요. 나중에 너도나도 빼돌리다 못해 그걸로 본격적으로 장사를 해대니까 미군들의 감시가 심해졌지. 당시 미군 부대로 들어가는 철로들이 이 바닥에 좍 늘어서 있었거든. 그 철로 위로 보급 열차들이 줄을 섰다니까."

부대로 들어가는 기차에는 수많은 한국 사람들이 들러붙어 물품을 약탈했다고 했다. 심지어 기차에 실려 가던 지프차의 변속기까지 뜯어내 논바닥에 던질 정도로 한국인의 약탈이 심했지만 망을 보던 군인들은 기차를 앞으로 뺐다 뒤로 뺐다 하며 시간을 끌어주며 물건을 빼돌리는 걸 모른 척해줬단다.(90~91쪽)

소설에는 미군 부대를 중심으로 이루어졌던 가난한 삶의 모습들이 여과 없이 드러난다. 그래도 부평은 미군 부대에서 나오는 물자들로 다른 지역보다 형편이 나았다.

순자는 미군 부대의 요리사였던 한동구를 통해 그 당시를 회상한다. 그러나 순자가 클럽에서 일했다는 것을 알고, 자신이 알고 있는 그 당시 악단장 한 사람을 소개시켜주겠다는 한동구의 말에는 서둘러 자리를 뜬다.

"노오란 샤스 입은 말 없는 그 사람이……"

앞좌석의 등받이를 잡고 몸을 앞으로 숙여 부르는 노래는 나도 귀에 익은 노래였다.

"내가 가기 전까지 무대에서 부르던 노래예요. 아직도 그 노래는 기억합니다. 우리나라 사람들이 아주 좋아했어요."(95쪽)

아흔이 넘은 순자를 다시 이곳으로 부른 것은 무엇이었을까. 오래된 깍두기 노트에 적은 '인천 부평 신촌 네거리 애스캄 앞 화이트로즈 클럽' 주소 한 장을 들고 찾고 싶은 것은 무엇이었을까. 한때 사랑했으나 미워하고 질투했던 '그'를 다시 찾게 하는 마음은 무엇일까. 70년의 세월에도 놓지 않는 그 무엇. 그 것은 사랑일까.

순자가 '그'를 알고 있는 사람을 만날 수 있었는데도 서둘러 자리를 피하는 마음, '나'를 버린 엄마가 양공주였던 과거를 들추고 싶지 않은 마음이 '거기'의 거리는 아닐지.

나도 몇 년 전 내 유년의 장소인 주안 신기촌에 가본 적이 있다. 신기촌의 항운노조주택에 살던 시절을 배경으로 소설을 한 편 쓰고 나자 그곳이 어떻게 변했는지 궁금했다. 우리 가족은 아버지의 오랜 실직으로 신기촌을 떠나왔고 변두리의 더 작고 외진 집으로 떠돌았다. 그리고 신기촌에 가보지 못했다. 어떤 이유가 있었던 것은 아니다. 삶이 그렇게 흘러갔다고밖에 말할 수 없겠다. 그런데 소설을 쓰고 나자 거기가 궁금해졌다.

길을 더듬어 찾아갔다. 이 길이었지, 5번 버스 종점에서 내려 신기시장 길을 따라 올라가서 오른쪽으로 꺾여 더 올라가던

집은 비슷한 모양, 비슷한 크기였다. 작은 평수만큼 천장도 낮았다.
오직 몸을 누이는 공간이었을 이 집들이 늘어선 길을 지나갈 때마다 낯설었다.

꿋. 우리 집 바로 앞은 공동묘지가 있는 야산으로 향하던 길이었고, 그렇게 더듬으며 갔다. 그리고 내가 살았다고 생각되던 곳 근처를 이리저리 둘러보았다. 가끔 꿈속까지 찾아오던 그 집. 그 집이 남아 있을 거라는 기대가 있었던 것은 아니었다.

그렇게 내가 살던 집 근처로 다가갔다. 그리고 내 꿈에 가끔씩 나타나던 집과 비슷한 집을 발견했다. 저렇게 안방 창문과 거실 창문이 있었고, 현관문이 있었고, 마당이 있었고, 무엇보다 붉은 벽돌이 있었지. 그러다 대문 옆 기둥에 붙어 있던 번지수를 보고 놀랐다. 내가 기억하는 그 번지수였다. 세상에! 나도 모르게 탄성이 나왔다. 거길 떠난 지 35년 만이었다. 그런데 집이 일부 리모델링되었긴 했어도 내가 살던 집 모양 그대로 누군가가 살고 있었다.

그 집이 내 기억대로 형태를 유지하고 있다는 것만으로도 그 집과의 추억들이 한꺼번에 우르르 쏟아져 나왔다. 떠나고 한 번도 찾지 않았는데 너는 그대로 있었구나. 그 집에 의미를 부여하자 그 집은 세상에 없는 소중한 가치가 되어 내게 다가왔다. 나만 아는, 나만의 집을 한 채 갖게 된 것이다. 그 집에 살고 있을 누군가에게 인사라도 하고 싶었다. 거기 있어주어 고맙다고. 오랫동안 보지도 못하고 잊고 살았는데 나를 위해 늘 기도해주고 있었던 누군가를 만난 기분이었다.

순자가 그런 기분이 아니었을까. 새삼 어떤 사랑이라기보다는, 먼 타국에서 다시 돌아와 찾고 싶었던 그 무엇은 자신을 받쳐줄 기억의 장소가 아니었을까. 비록 괴롭고 힘들었지만 그래도 내 나라 내 고향의 젊은 날 뜨거운 열정이 살아 있던 곳을 찾고 싶은, 생의 마지막에 찬란한 청춘이 있던 장소로 돌아가보고 싶은.

순자는 다다구미 근처에서 내내 살았던 한동구의 말에 연신 박수를 치고 고개를 끄덕였지만 정작 그때의 '그'와 연관이 있을 수 있는 누군가를 소개시켜준다고 했을 때는 덜컥 겁이 났을 것이다. 추억이 현실 앞에 발가벗겨지고 나면 더 이상 추억이 아닐 수 있기에. 그래서 소설 속에서 악단장이던 '그'의 이름은 끝내 드러나지 않는 것이고, 다다구미는 제목처럼 '거기' 있어야 하는 것이다.

몇 년 전 부평구문화재단에서 만든 창작음악극 「당신의 아름다운 시절」이 호평을 받았다. 1960년대 부평 애스컴을 배경으로 전쟁으로 인한 상처를 음악이라는 희망으로 치유하는 사람들의 이야기를 담은 창작음악극이었다. 앞서 얘기했던 것처럼 그 당시 부평의 애스컴 주변 클럽에서 많은 밴드와 가수들이 활동했고, 전국의 쟁쟁한 가수들이 부평으로 몰려들었다. 부평은 한국 대중음악 60년의 중심 뿌리였다.

1939년 일본의 조병창에서부터 미 육군 군수지원사령부인 '애스컴(ASCOM)시티', 부평 캠프마켓으로 이어지는 부평의 거대한 땅은 정부에 반환되었다가 인천시로 넘겨졌고, 드디어 2020년 10월 14일 캠프마켓이 일부 개방되었다. 한때 애스컴을 중심으로 활동했던 뮤지션이나 지금도 부평을 기반으로 하는 뮤지션들은 그 자리에 특별한 공연장이 들어서길 바란다. 대중음악의 상징과도 같은 부평 캠프마켓 자리에 대중음악 공연장을 세우는 것이다. 나도 이 의견에 한 표를 던진다. 그래야 지금 부평에서 추진하는 문화 도시, 음악 도시의 면모를 완성할 수 있을 테니까.

음악극에서는 그 당시를 회상할 수 있는 노래들이 흘러나왔다. 물론 「노란 샤스의 사나이」도 있었다. 추억은 노란 '샤스'를 '셔츠'라고 부르지 않는 어떤 지점에 아직도 건재하고 있는 것은 아닐까. 문득 그런 생각이 들었다. 다만 문득.

분단이

갈라놓은
것들

이해선 단편소설 「나팔꽃 담장 아래」

'호국보훈의 달'이란 표어가 없어도 6월은 우리 국민들에게는 결코 '국가'로부터 자유로울 수 없는 달이다. 아직 휴전선이 남아 있고, 통일이 되지 않았기 때문이다. 전쟁이 1950년에 일어났으니 내가 태어나기도 전이지만, 그렇다고 그리 먼 이야기도 아니다. 6·25 전쟁은 아직도 기득권 보수 세력이 안보를 들먹일 때 써먹는 단골 메뉴고, 전쟁을 겪은 세대에겐 잊히지 않는 상처이니 아직 현재진행형이다.

소설가 이해선의 「나팔꽃 담장 아래」*는 전쟁으로 인한 상처

---

* 『나팔꽃 담장 아래』(삶이보이는창, 2003)에 실린 「나팔꽃 담장 아래」를 대상 텍스트로 삼았다.

를 다룬 소설이다.

6월**이니 이왕이면 전쟁과 관련된 소설이면서 배경이 인천인 소설을 읽어보면 좋겠다는 생각이 들었다. 그렇게 떠오른 소설이 「나팔꽃 담장 아래」다. 제목이 특별한 것도 아니고, 소설 내용도 전쟁으로 인한 가족의 상처이고 보면 아주 특별하다거나 색다른 게 아닌데 어찌 된 일인지 소설 속에 잠깐 등장하는, 부평역에서 백운역 가는 길에 있는 캠프마켓 담장 얘기가 뇌리에 또렷이 남아 있다. 물론 소설에 '부평'이라는 지명이 직접적으로 등장하지는 않는다. 다만 작가가 인천에서 활동했고, 미군 부대 옆의 백화점 운운하는 것으로 보아 그리 짐작할 뿐이다.

"저것 보라구요. 미군 부대가 저만큼이나 땅을 차지하고 있으니, 길이 밤낮 붐비고 차들은 이렇게 구부러진 길로 곡예 운전을 해야 된다구요."

그네는 택시 기사의 불평을 건성으로 넘기며 창밖으로 시선을 돌렸다. 우리 땅 미군 부대를 되찾자는 현수막이 전봇대 사이에서 나부끼고 있었다. 미군 부대 땅을 되찾아 직선도로를 내고 근린공원을 조성하자는 시민운동이 여기저기서 벌어지고 있는 모양이었다. 백화점 길목에 자리 잡고 있는 미군 부대 담벼락엔 담으로부터

** 이 글이 인터넷 신문 『인천in』에 연재된 것은 2017년 6월이었다.

2미터 이내 주정차를 금한다는 영내 사령관의 공고문이 붙어 있었다. 접근 금지라는 오래된 고딕체 명령문이 차갑고 딱딱하게 그네 가슴을 두들겼다.(44쪽)

소설은 '그네'를 중심으로 진행된다. 그네는 칠십 줄의 노인이다. 화가였던 전남편은 공동 작업으로 김일성 초상화를 그리는 데 동원되었다가 그게 문제가 될까 봐 월북했다. 지금의 남편은 그의 후배로 곤경에 처한 그네를 위기에서 구해준 뒤 함께 살게 된다. 그네에게는 전남편과의 사이에서 낳은 미전이라는 아이가 있었는데 그네의 어머니가 손주 미전을 업고 나갔다가 잃어버린다.

아이고 야야, 애를 잃어버렸다야. 어떤 미군이 애기가 이쁘다고 쪼꼴레또를 주며 안아본다기에 내려놨더니, 그만 안고 가버렸어야……(44쪽)

그렇게 잃어버린 줄 알았던 아이였는데 알고 보니 그게 아니었다.

네 서방 보기 안됐어서…… 모두 빨갱이 따라 넘어갔는데 네 뒤까지 맡은 유서방 보기가 여간 안됐어야지. 남의 자식 키워서 좋은 사람 있겠냐? 그것도 빨갱이 된 사람의 자식을……(45쪽)

4년 전에야 그네는 어머니가 아이를 잃어버린 게 아니라 아이를 고아라고 속이고 미군에게 맡겼다는 걸 알게 된다. 그 당시에는 종종 있는 일이었다. 그 일로 그네는 어머니와 불화한다. 그리고 오늘 그 아이가 미군에게 맡겨진 게 아니라 어머니의 가장 가까운 친척인 풍산댁에게 맡겨졌다는 것을 어렵게 찾아간 자리에서 듣게 된다.

소설의 한 축이 '미전'으로 인해 어머니와 등을 진 그네를 다루고 있다면, 다른 한편으로는 화단을 중심으로 월북한 전남편과 현재의 남편이 등장한다. 소설에서 전남편도, 현재의 남편도 그네의 삶 속에 구체적으로 등장하지 않는다. 두 사람은 모두 화가이고 이 둘은 그림을 매개로 등장한다. 전남편은 화가이지만 어떤 사람인지 드러나지 않는다. 현재의 남편은 오로지 세상의 평판과 상관없이 예술을 하는 사람이다.

진짜가 아니면 그려선 안 돼. 자기를 속이지 말고 자기 것을 그려야 해. 타이틀 따내기처럼 수상에만 집착하고, 전시 경력만 내세우면 헛것을 그리게 돼.(47쪽)

이런 남편이 팔지 않은 그림이 있다.

곧 울 것 같은 아이의 커다란 눈망울이 낡고 퇴색한 금박 테두리 안에서 부옇게 떠올랐다. 흐릿한 배경 속의 아이는 냉이꽃 같은 풀꽃을 한 줌 쥐고 서 있었다. 뒤틀리고 늘어진 원피스 자락이 회색 빛 담벼락과 묘한 대조를 이루었다. 길다란 회벽 끝나는 자리에 영문자 팻말이 희미하게 보였다. 그 팻말 너머에서 금방이라도 푸른 눈을 가진 미군 병사가 알아들을 수 없는 말로 호통치며 달려 나올 것 같은 느낌에 그네는 얼른 액자를 바로잡았다.(41쪽)

이 남편에 대한 얘기를 좀 더 해보자. 소설 속에 자세히 드러나지 않지만 이 남편의 순애보야말로 지극하다. 선배의 아내를 위험에서 구했고, 가정을 이루어 책임을 졌다. 중국 여행을 떠난 것도 남북 작가들의 공동기획전 계획의 일환이긴 하지만 실은 아내의 전남편이자 선배를 찾아볼 생각에서였다. 그러나 소설에 현재 남편에 대한 그네의 감정은 거의 드러나지 않는다.

북으로 간 남편은 유명한 화가가 되어 있었다. 그의 그림 역시 비싸게 거래되고 있었다. 전남편은 어렵게 남쪽의 아내에게 소식을 전해온다. 편지와 그림 한 장으로.

한 폭의 그림이 눈앞에 드러났다. 아이를 안고 나팔꽃 담장 앞에 서 있는 여자.

(······)

그림 속 아이는 복숭아처럼 발그레한 볼과 초롱초롱한 눈망울을 하고 청잣빛 차림의 여자 가슴에 안겨 있었다. 그네는 가슴으로부터 아이의 숨소리를 듣는 듯했다.(63쪽)

현재의 남편이 그린 그림이 미군 부대 담장을 배경으로 한 아이라면, 전남편이 그린 그림은 나팔꽃 담장을 배경으로 아이를 안고 있는 그네다. 두 그림은 아이와 담이 등장한다는 점에서 비슷해 보이지만 실상은 아주 많이 다르다.

소설 도입부에서 그네는 어찌 된 일인지 꽃이 좋아 1층으로 이사했지만 나팔꽃만큼은 커튼으로 가려버리고 또 덩굴도 자르려고 하는데 뚜렷한 이유가 드러나지 않는다. 그 이유를 알게 되는 것은 소설의 마지막 대목에 이르러서다.

줄을 타고, 얼어붙은 먼 땅에서 나팔꽃 담장을 잊지 않은 한 사람의 모습이 점점 뚜렷이 다가왔다.(62쪽)

「나팔꽃 담장 아래」는 전쟁 통에 남편과 이별하고, 아이를 잃어버린 그네가 어머니와 남편의 흔적을 다시 만나면서 상처를 새롭게 환기하는 소설이라고 할 수 있겠다. 그러나 이 소설은 많은 부분이 생략되어 있는 느낌이다. 특히 인물의 감정을 묘사해야 할 때 하지 않고 있다. 전남편이 그네에게 어떤 존재였는지, 전남편에게 그네는 어떤 존재였는지 말하지 않는다. 현재의 남편은 그네에게 어떤 존재인지, 남편에게 그네는 어떤 존재인지도 알 수 없다. 잃어버린 딸 미전과 현재 곁에 있는 딸 영인에 대한 감정, 또 그림과 편지로 대면하게 되는 전남편의 흔적이 그네에게 어떤 파장을 일으키고 있는지 거의 생략했

다. 전쟁은, 전쟁으로 인한 상처는 그 많은 감정조차 드러내지 못하게 하는가.

소설 속 미군 부대는 이제 시민의 품으로 돌아와 활용 방안이 논의되고 있다. 여전히 담장의 일부는 회색빛으로 남아 있지만 이제는 '미군 부대가 있던 자리'가 되었다. 그렇다면 "어머니의 음성 같은 나팔 소리"를 들으며 가위를 든 채 나팔꽃 넝쿨로 다가갔던 그네는 어찌 되었을까.

조성된 근린공원은 미군 부대의 흔적을 빠르게 지워나가며 푸르다. 전쟁의 상흔도 이렇게 시간에 기대어 치유될 수 있을까. 그럴 수 있기를 바라는 마음이다.

해님이 방긋 웃는 이른 아침에 나팔꽃 아가씨 나팔 불어요……
따따또또 따따또또 나팔 불어요.(62쪽)

명랑하게 들려오는 나팔꽃 노랫소리처럼 그네가 나팔꽃과 정면으로 마주하길 빌어본다.

사라진
송도유원지에 대한

헌사

양진채 단편소설 「허니문 카」

    송도유원지. 한때 여름이면 인천 시민 누구에게나 사랑받았던 곳이다. 내게도 그랬다. 20대에 직장에 다닐 때는 유원지 내에 '○○회사 휴양지'라고 플래카드를 내건 가건물까지 있어 직장인들끼리 단합대회도 하고 가족과 함께 놀러 가기도 했다. 결혼해서는 아이들과 유원지에 있는 물썰매장에서 물놀이를 즐겼고, 물썰매장이 폐장하고 나면 슬슬 놀이시설 쪽으로 가서 바이킹이나 회전관람차나 뭐 그런 것들을 타기도 했다.

   그런 송도유원지가 송도국제신도시가 생기면서 찾는 사람들이 적어졌다. 송도는 '구(舊) 송도'와 '송도신도시'로 갈렸고,

송도유원지는 신도시에 편입되지 못했다. 동네 조그만 슈퍼들이 대형마트에 잠식되듯 2011년 송도유원지는 그렇게 사라졌다. 50년의 명맥이었다. 소설 「허니문 카」*는 그렇게 사라진 송도유원지에 대한 뒤늦은 헌사 같은 것이다.

「허니문 카」의 주인공은 유원지에서 아이스크림을 팔던 L이다. 유원지에서 생계를 위해 아이스크림을 팔던 L은 유원지가 폐장을 하게 되면서 무료 개방하던 마지막 날에야 가족과 함께 유원지에 놀러 나온다.

언젠가 큰애가 친구와 전화 통화 중에 좋아하는 과일을 대는데 망고, 키위, 블루베리라고 말하는 걸 들었다. L은 의아했다. 그런 과일들은 먹어본 적이 없었다. 기껏해야 사과나 귤, 수박 정도였다. 아이가 언제 그런 과일들을 먹어봤다고 좋아하게까지 되었을까 궁금했다. 그냥, 이름만으로도 뭔가 있어 보이잖아. L에게는 이 유원지로의 나들이가 큰애의 망고이고 키위이고 블루베리였다. 무엇을 하지 않더라도 나들이를 나온다는 그거면 되었다.(328쪽)

그렇게 유원지로 나들이를 나왔다. L은 들떠 있었다. 아이스크림을 팔러 나온 것이 아니라 놀러 왔기 때문이다.

---

* 『검은 설탕의 시간』(강, 2019)에 실린 「허니문 카」를 대상 텍스트로 삼았다.

아 참, 삼겹살을 구워야지. 뭐니 뭐니 해도 이런 데선 삼겹살 냄새를 풍겨줘야 놀러 온 기분이 나지. 백숙도 해 먹어야 하고. 들고 올 땐 힘들어도 해 먹을 땐 기분 좋거든. 전국에서 취사를 할 수 있는 유원지는 여기밖에 없을걸?(309쪽)

그랬다. 송도유원지에서는 텐트도 치고, 삼겹살도 구워 먹고, 수영도 하고, 오리배도 타고, 놀이기구도 탈 수 있었다. 그래도 L에게는 그저 아이스크림을 파는 곳이었다. 그런 L에게 한때 송도유원지는 첫사랑이 움튼 장소이기도 했다.

L은 T와 함께 요술 거울을 보고 웃었고, 선착장에서 오리배의 페달을 열심히 돌리며 호수를 한 바퀴 돌기도 했다.

회전관람차도 탔다. 회전관람차가 천천히 올라가기 시작해서 가장 높이 올랐을 때 L은 신기한 듯 아래를 내려다보았다. 유원지와 멀리 고층 건물들, 숲과 건너편 바다가 보였다. L이 풍경에서 눈을 떼지 못하고 있을 때, T가 재빠르게 L의 입술에 입을 맞췄다. L이 무슨 일인지 미처 알아채기도 전에 얼굴이 달아올랐다. 무슨 말인가 하려고 할 때 T가 다시 한 번 입술을 갖다 댔다. 옅은 술 냄새가 났다. 그 뒤로 회전관람차에서 내릴 때까지 아무 풍경도 눈에 들어오지 않았다. L에게는 이 모든 것이 처음이었다. 내내 화끈거리는 얼굴이 가라앉지 않은 것은 햇빛 때문만은 아니었다.(320쪽)

송도유원지의 한때. 멀리 허니문카가 보인다.

L은 직장 단합대회로 유원지에 오게 되고 거기서 만난 직장 동료와 회전관람차에 올라탔다가 첫 입맞춤을 하게 된다. 꼭대기에 올라보면 송도 시내 일대가 다 보이고 멀리 바다까지 보이던 회전관람차 안에서였다. 회전관람차는 멀리서도 여기가 송도유원지임을 당당하게 알리던 놀이기구였다.

그러다 코끼리 네 마리가 우리에서 도망쳤다. 오전에 단체 관람 온 여중생들이 지른 소리에 놀라 우리를 탈출한 것이다. 탈출한 코끼리 가운데 두 마리는 일찍 발견돼 사육사가 붙잡았으나 나머지 두 마리는 인근 산으로 도망치는 바람에 유원지 일대가 발칵 뒤집혔다. 경찰과 119구조대 등 수십 명이 출동해 유원지에서 꽤 떨어진 산을 뒤져 절 뒤편에서 잡았다. 결국 그 코끼리들은 모두 영양과 환경을 문제 삼아 서울대공원으로 옮겨 갔다.(324쪽)

유원지는 동물원도 겸하고 있어, 한때는 코끼리 쇼를 벌이면서 관광객과 피서객을 모으기도 했다. 코끼리가 도망치는 기사가 신문에 실리기도 했다. 그런 과정들을 L은 모두 보았다. 가족들이 놀러 와 다정하게 노는 모습도 부럽게 바라보았다, 유원지 폐장하는 날 L이 이곳을 찾을 수밖에 없는 이유이기도 했다. 자신도 '생계'를 위한 곳이 아니라 놀러 올 수 있는 곳으로 와보고 싶었던 것이다.

꽁꽁 언 아이스크림을 푸다 보면 엄지와 검지가 얼얼했다. 꽁꽁
얼어서 푸기 어렵던 아이스크림이 한낮을 지나면서 푸기 수월해지
고 저녁때쯤이면 별 힘을 주지 않아도 풀 수 있었다. 그때쯤 되면
아이스크림은 바닥을 보였고 해가 지고 있다는 것을 알았다. L에게
시간은 아이스크림을 푸는 엄지와 검지 사이에서 흘렀다.(325쪽)

삼겹살과 삼계탕을 끓여 먹고, 수박씨 멀리 뱉기 게임을 하
고, 물놀이도 하고, 놀이기구도 타고 그렇게 하고 싶었다. 오
늘이 아니면 더 이상 송도유원지에서 그런 것들을 할 수 없기
때문이었다. 그러나 유원지로의 나들이는 L이 생각한 것과는
달랐다. 그것은 폐장과 맞닿아 있었다.

L은 자신의 삶이 좀 더 나아지길 희망하지만 그것은 꿈과 같
은 것이었다. 송도유원지는 한때 첫사랑의 장소이자 전국적인
명성을 누리는 장소였다. 인천 시민이면 누구나 가봤을 정도
로, 집에 송도유원지에서 찍은 사진 한 장 없는 사람들이 없을
정도로 사랑 받는 유원지였다. 그랬던 유원지가 송도국제도시
개발에 밀려나듯, 그녀의 삶은 조금씩 더 변두리로 밀려났다.

남편과 아이들은 어두워졌는데도 오지 않았다. 더 이상 탈 놀이
기구도 없을 텐데 어디서 무엇을 하는지 알 수가 없었다. 놀이기구
는 멈춰 섰고, 오리배는 선착장에 묶였다. 쪽배는 뒤집힌 채 모래사
장에 머리를 박고 있었다. 쪽배를 관리하던 청년들도 다시는 만나

지 못할 것이다. 어둠은 더 짙어졌다. L은 배도 고프고 졸음도 몰려왔다. 킥킥킥 원숭이 울음소리가 들리자 선잠이 든 새가 울었다. 그소리들은 어둠 속에서 기괴했다. L이 꿈꾼 나들이가 아니었다. 아니 L이 꿈꾼 나들이가 어떤 것인지도 기억나지 않았다.(332쪽)

유원지가 폐장되면 이 안에 있던 놀이기구며 동물들은 모두 어디로 가는 것일까. 압도적인 스케일과 스릴, 기교가 넘쳐나는 놀이기구라는 명성이 사라진 지 오래인 노쇠한 기구들이었다. 처음엔 그 기구들도 최신이었을 것이고, 사람들은 그 기구들을 타기 위해 줄을 서고, 타는 동안 흥분해서 소리를 질렀을 것이다. 그러나지금은 아무도 그때를 기억하지 않는다. 앨범 속에 갇힌, 까마득히 잊힌 요술 거울과 같은 때가 있었을 뿐이다.(332~333쪽)

많은 사람들이 높은 곳에서 이 도시를 보기 위해 회전관람차를 탔다. 터질 듯 여문 포도알 같은 젊은 연인들도 많았다. 그들 중 누구는 L이 생의 찬란했던 순간, 그때가 빛나는 한때인지도 모르고 어수룩한 그녀가 첫 키스를 나누던 곳에 앉아 키스를 나눌지도 몰랐다. 그날 L의 처녀막이 겨우 족구를 하다 파열됐듯 그녀의 첫사랑은 거기, 저 높은 회전관람차의 흔들리는 좁은 공간에 갇혀버렸다.(328~329쪽)

먼 바다에서 해무가 밀려드는지 몸이 축축했다. 다시 폐장 안내

방송이 나왔다. 폐장이 된 유원지는 이제 유원지가 아니었다.(330
쪽)

한때는 사랑을 받았던 유원지. 그러나 유원지는 폐장되었
고, 물이 들어왔던 그 자리에는 중고 자동차가 가득 들어서 있
다. 이제는 유원지가 아닌 것이다. 개발 논의 속에서 어쩌면
유원지가 있었던 자리는 형체도 알아볼 수 없을 만큼 변해버
릴지도 모른다. 수많은 사람들의 기억 속에 이제 송도유원지
는 앨범 속에 잠든 한 장의 사진으로 남아 있게 되었다.

송도신도시의
자동차 경주,

그리고 욕망

신미송 단편소설 「송도 제로백」

같은 인천이지만 송도신도시는 내게는 좀 먼 곳이다. 나는 아직도 텔레비전에 나오는 송도신도시의 고층빌딩 숲과 배를 타고 노는 수로를 가보지 못했다. 몇 번 송도신도시에 일이 있어 갔을 때에는 택시를 잡을 수 없어 한참을 발을 동동 굴러야 했던 기억이 앞선다. 넓고 깨끗하게 뻗은 큰길에 서서 뭔가 비현실적인 황량함과 삭막함을 날렵한 선 사이로 봤다면 과장일까. 그 송도신도시에 자동차 경기장이 있다는 사실도 소설을 통해 알았다.

현대자동차와 인천도시공사는 송도 국제업무지구에서 '코리아 스피드 페스티벌'을 개최했다. 이는 국내 유일의 도심 자동

서킷이 열리던 경기장.

차 경주로 현대차는 도심 자동차 경주를 위해 이곳에 55억 원의 비용을 들여 도심 서킷(circuit) 시설을 갖추고, 2014년부터 2016년까지 3년간 박진감 넘치는 레이싱과 함께 종합 모터쇼를 열었다. 소설「송도 제로백」*은 그 자동차 경기장에서 레이서로 발돋움하려는 '나'의 욕망을 그린 소설이다.

소설의 여주인공 '나'는 우연히 '당신'의 고양이를 돌보게 되면서 카레이서를 후원하는 '당신'을 통해 레이서로서의 삶을 새롭게 설계한다. '나'에게 송도는 어떤 곳이었을까.

고속 엘리베이터를 타고 공중부양을 한 것 같은 공중 도시에 내렸다. 당신이 사는 아파트다. 아파트는 외관이 독특해 푸른 물길을 연상시켰다. 귀가 울렸다. 높은 산에 올라갔을 때 같은 귀울림이다. 열악했어도 내 몸에 익어 익숙했던 상황을 벗어나면 거부반응이 일어나는 것 같다.(22쪽)

처음 '나'는 그가 살고 있는 공간에 대해 불편해한다. '나'는 주류의 삶을 살아보지 못했다. 그런 '나'가 '당신'의 아파트에서 고양이를 돌보게 되면서 아파트 창을 통해 송도신도시를 본다. 그때까지도 '나'는 '욕망'과 '자연 질서의 균형', 어느 쪽에도 편입되지 않는다.

---

* 2017년 출간한 소설집 『당신의 날씨』에 실린 「송도 제로백」을 대상 텍스트로 삼았다.

그러나 송도신도시는 엄밀히 말하면 "욕망과 자연 질서의 균형 유지라는 모순의 조합"이라고 볼 수 없다. 송도신도시는 갯벌을 매립해 세운 도시이고, 자연 역시 인공으로 조성된 곳이다. 자연을 갈아엎고, 그 위에 자연을 다시 만든 것이다. 그렇게 만든 고층 아파트에서 송도신도시를 내려다보는, 한 번도 주류 사회에 편입해본 적이 없는, 다른 사람과 차단막을 치고 살았던 '나'의 감회는 어떤 것이었을까.

'나'는 자신의 욕망을 들여다본 '당신'으로 인해 카레이서의 길을 걷게 된다. "새벽부터 야간 잔업까지 꼬박 여름방학을 투자해 공장 알바 일을" 하고 "운전학원 등록비를 벌"어 딴, 잠자던 운전면허증을 꺼내 든 것이다. 지독한 연습 끝에 질주 본능을 느끼며 오기로 훈련에 매진한다.

첫 석 달 레이싱 연습은 온갖 사건사고로 전적이 화려했다. 폐차 상태로 부숴 먹은 차만 해도 여러 대였다. 그러니 가드레일 충돌 정도는 얌전한 사고라 겁이 없어졌다.

코스 이탈이 잦고 스핀도 빈번해 원인이 무엇인지 드라이빙 분석을 했다. 마음만 급했다. 레이싱카에 나를 적응해 한 몸이 되어야 하는데 일체까지 시간이 걸렸다. 기어 변속 연습도 수백 수천 번 끝에 감각을 익혔다. 드라이빙 복을 벗으면 안전벨트로 생긴 멍이 상체를 감고 있었다. 충돌 시 내 몸을 잡아준 흔적들이다. 샤워하다 푸르죽죽한 멍 자국을 볼 때면 오기가 승천했다. (29쪽)

그 과정에서 '나'는 '당신'에게 마음을 열게 된다. '나'는 단단하게 지어진 건물들처럼 '당신'과의 관계가 든든해지길 바란다. "당신은 마지막 랩이다. 이기고 싶다. 아니 완주라도 하고 싶다. 당신과 대등한 사람으로 달리고 싶다"고 욕망한다.

당신과 나와 드라이빙카, 완벽한 삼각관계의 조화는 바닥 한 점에서 시작해 공간을 둥글게 쌓아 올린 트라이볼 건물처럼 아름답다. 벽체에 철근을 심어 공간을 만든 역셸(易 shell) 공법으로 건축물 트라이볼이 된 당신과 나는 받쳐주는 기둥이 없어도 서로를 의지해 서로를 지탱해주고 있는 역셸 공법으로 든든해졌다. 내부는 한 공간으로 트여 시야를 가리지도 않고 소리를 차단하지도 않는다.(35쪽)

잠재되었던 질주 본능을 깨우며, 나는 온몸을 휘감는 짜릿함을 즐기며 레이싱 도전에 나선다. 욕망의 세계로 들어가는 것이다.

늘어선 불빛을 따라 경제자유구역청 건물을 돌아 G타워를 돌아 캠퍼스타운을 돌아 잭 니클라우스 골프장을 돌아 경쾌하게 슬라럼 코스를 넘고 신도시 둘레를 감아 돌아 원선회를 하고 내 살던 달동네에서 송도로 이어진 1교와 2교를 연결해 급회전 8자 코스를 넘는다. 쭉 달려 인천대교를 타고 바다를 가로질러 S코스를 만들어

스피드를 즐긴다.(36쪽)

　당신 아파트다. 당신이 사는 건물동의 항공장애표시등을 따라
헤어핀 코스를 돌았다. 액셀러레이터를 깊게 밟아 기분 좋은 상승
으로 스피드를 올리고 군더더기 없는 코너링으로 당신도 고양이도
품어 안아 유연하게 표시등을 돌아 급하강 직선 코스의 스릴을 즐
긴다.
　지상으로 내려와 센트럴파크 공원 물길을 따라 곡선 트랙을 달
리며 보이는 풍경들에게 인사를 나누고 아파트 지하 주차장으로
진입해 주차 구역에 정확하게 안착했다.(37쪽)

　소설의 마지막 부분이다. 주인공은 무사히 레이싱을 마쳤다.
사고가 연발하고 포기자가 속출하는 광포한 레이싱 경기장에
서 살아남은 것이다. 이제 '나'가 어떤 길을 가게 될지는 자명
하다.
　소설은 '나'가 어떻게 카레이서가 되는지, 실감나는 자동차
경주 연습, 대회 등을 엮으면서 보여준다. '나'는 '당신'으로 상
징되는 신도시로의 편입을 꿈꾼다. 그러나 '나'가 어떻게 레이
서로 서게 되었는가를 따져볼 필요가 있다. 그건 '당신'의 전폭
적인 지원과 응원이 없었다면 가능했을까. '당신'은 욕망으로
대변되는 송도신도시 그 자체이다. 레이서가 되는 과정이 그의
도움으로 가능했다면 진정한 레이서로 발돋움하는 건 이제 자

신의 몫이다.

자동차 경기장 자리는 오랫동안 매각이 진행되지 않았던 송도유원지 공간을 활용했다고 한다. 최근 그 지역에 대한 매각 얘기가 다시 나오고 있다. 갯벌을 덮고 세워졌던 송도신도시의 레이싱 경기장도 조만간 다시 덮여 사라질지 모르겠다.

송도의 갯벌이 매립되면서 남루하던 삶들이 묻혔다. 더불어 추억도 묻혔다. 어떤 장소는 이제 흔적도 없이 변해 더 이상 기억하지 못할 곳이 되어버렸다.

감춰졌던 질주 본능을 깨우고 스스로 스피드 전쟁터에 자신을 보낸 '나'. 그녀가 어떻게든 살아남길 응원하고 싶은 마음이 드는 건 비단 나뿐일까.

신흥동
중국인 할머니의

외로운 사랑

백수린 단편소설 「중국인 할머니」

소설을 다 읽고 나자 모과가 생각났다.

정확하게 얘기하면 모과 향이겠다. 며칠 전, 길에 떨어진 모과를 주웠다. 파랗고 향이 나지 않았다. 고개를 들어보니 몇 개의 모과를 매달고 있는 나무가 보였다. 모과로군. 나는 진한 향이 나는 모과를 잘게 썰어 청을 만들던 어느 해를 떠올렸다. 모과 향이 나지 않는 '풋것'인 그것을 버리지 않고 서재의 책상 위에 올려놓았다. 소설 속 모과와 내가 주워 온 모과 사이에는 아무 연관도 없다. 나는 소설책을 덮으면서 중얼거렸다. 모과처럼 조용하고 진한 향이 어둠 속에서 퍼진다고.

중국인 할머니를 보았다.

어릴 때였다. 주안7동에 살 때, 그 집이 중국인이 사는 집인
지도 몰랐다. 밭 울타리에 넝쿨콩이 잔뜩 열려 있었다. 중국인
할머니는 그 울타리를 돌아 나가고 있었다. 뒤뚱거리며 걸었
다. 할머니의 등으로 해가 지고 있었다. 전족을 한 발로 걸어
가던 작은 할머니, 그 옆의 넝쿨콩. 이상하게 떠오르는 유년의
잊히지 않는 한 페이지였다.

소설 「중국인 할머니」*

백수린의 「중국인 할머니」는 70년을 한국에서 살았지만 끝
내 화교로 불렸던 할머니의 외롭고 쓸쓸한 삶과 그 이면의 사
랑을 손녀인 '나'의 눈으로 그린 소설이다.

중국인 할머니는 일흔도 되지 않아 홀로된 할아버지와 같이
살게 된 새할머니이다. 새할머니를 좋아하는 것은 돌아가신 할
머니에 대한 배신이라고 생각하는 열 살 때의 일이다. 그건 철
없던 시절, 그러니까 세상이 내 편과 네 편이 전부이던 때다.
화자는 소설의 첫머리에서 진술하고 있다.

---

* 『참담한 빛』(창비, 2016)에 실린 「중국인 할머니」를 대상 텍스트로 삼았다.

그녀에 대해서는 누구에게도 말해본 적이 없다. 일부러 숨긴 것은 아니다. 그저 말할 기회가 없었을 뿐. 적어도 나는 그렇게 믿고 있다.(126쪽)

중국인 할머니에 대해 누구에게 말해본 적은 없는데 일부러 숨긴 건 아니다. 나는 그렇게 믿고 있다. 글의 뉘앙스가 좀 이상하다. 그냥 굳이 말할 기회가 없었다고 하면 되는데 변명하듯 "적어도 나는 그렇게 믿고 있다"는 말을 사족처럼 달았다.

소설의 마지막에도 비슷한 문장이 반복된다.

지금까지 나는 한때 중국인 할머니가 있었다는 사실을 아무에게도 말해본 적이 없다. 일부러 숨긴 것은 아니었다. 그저 말할 기회가 없었을 뿐. 적어도 나는 그렇게 믿어왔다. 그러나 나는 이따금씩 지금은 나의 남편이 된 남자에게 내가 언제 더 크고 아름다운 달을 보았는지에 대해서 끝내 말하지 않았던 그날 밤에 대해 생각해볼 때가 있다.(148쪽)

이 반복된 진술을 보면, 나는 어려서뿐만 아니라 성인이 되어서도 새할머니의 존재에 대해 그다지 애정을 갖고 있지 않는 듯 보인다. 일부러 숨기지는 않았다고, 그렇게 믿어왔으나 중국인 할머니에 대해 이야기를 할 수 있는 상황에서조차 이야기하지 않았다는 것.

이 사진을 볼 때마다 소설 속 중국인 할머니가 불렀던 노래가 떠오르며 애상에 젖는다.

중국인 할머니의 장례식장에서도 그렇고, 어렸을 때도 그렇고, 중국인 할머니에 대한 진술은 담담하고 객관적이라는 생각이 든다. 할머니의 어떤 부분에 동화되거나 마음을 나누지 않는다. 그래서 그런지 할아버지와 중국인 할머니가 결혼하기 이전, 6·25전쟁 때 피란지에서 서로 만났다거나, 중국인 할머니가 중국으로 돌아가지 않은 이유 등이 스치듯 지나간다. 할아버지와 결혼하기 전인 1992년 다들 자국으로 돌아갈 때 왜 떠나지 않았느냐고 묻는 '나'에게 할머니는 "이렇게 너를 만나려고 그런 게 아니었겠냐"고 대답한다. 이 광경을 작가는 이렇게 묘사하고 있다.

"그때 왜 떠나지 않고 이곳에 남으셨어요?"
새할머니의 긴 이야기를 끝까지 들은 후, 내가 아무래도 이해할 수 없다는 말투로 물었다.
"이렇게 너를 만나려고 그런 게 아니었겠냐."
새할머니가 내 얼굴을 손으로 쓸어내리면서 농담하듯 웃었다. 새할머니도 웃을 줄 아는 사람이었구나.(149쪽)

사실 이 소설은 할아버지와 중국인 할머니의 사랑만으로도 한 편의 슬프고 쓸쓸하고 아련한 이야기를 만들 수 있었을 것이다.

6·25 피란길에 만난 할아버지와 새할머니, 두 사람은 어떤

이유로인가 다시 만나지 못했고, 각자 결혼했다. 그러나 두 사람은 서로를 잊지 않았고, 새할머니는 1992년 모두가 자국으로 돌아가던 시절에도 끝내 이 땅에 남아 있었다. 다시 두 사람은 부부로 만나게 된다. 작가는 그 얘기를 최대한 줄였다. 아니, 거의 하지 않고 있다.

'나'는 중국인 할머니를 무색무취의 사람으로 본다. 엄마와 할머니가 마주 보고 대화를 나누는 장면이 왠지 엄마가 새할머니를 훈계하고 있는 것처럼 보였다고 진술한다. 위의 인용에서 보듯 할머니도 웃을 줄 아는 사람이었구나 하고 새삼 느낀다. 이렇듯 할머니는 얘기되지 않는 존재, 있는 듯 없는 취급을 받았다. 무시가 아니라 일정한 거리를 두고 타인처럼 바라보는 시선이었다. 그래서 70년을 한국에서 살았지만 끝내 이방인이었던 중국인 할머니의 모습이 한 개인의 가족사가 아니라 이 땅에 와서 자리 잡으려 했던 많은 화교들과 겹친다. 뿐만 아니라, 지금도 돈을 벌기 위해 힘든 노동을 하고 있는 외국인 노동자나, 젊은 신부로 와 있는 많은 외국인들과 겹친다. 그들을 바라보는 우리의 냉담에 가까운 시선은 왠지 화자의 시선과 닮아 있다.

　이제 인천 얘기를 해보자.

　이 소설에서 할아버지와 새할머니가 살았던 곳은 신흥동이다. 오정희의 「중국인 거리」에서 주인공이 다니던 학교 역시 소설에는 명기되어 있지 않지만 신흥동의 신흥초등학교로 알고 있다. 신흥동은 개항기 신문물이 밀려들던 한복판이었다. 그때 일본인과 중국인 다수가 자유공원 아래 조계지를 중심으로 자리 잡았다.

소설에 신흥동에 대한 특별한 묘사는 없다. 다만 집에 대한 묘사는 상세하다. 근방에서 제일 큰 집이고 병원을 운영했으며, '나'의 엄마가 태어나 시집갈 때까지 살았던 집이고, '나'가 뜨락의 모과나무 아래에서 소꿉장난을 하던 곳이다. 신흥동이 아니어도 가능한 공간이다. 그러나 작가는 굳이 신흥동이라고 밝히고 있다. 지역으로 보면 중구에 속하는 신흥동은 부자들이 많이 살았다. 신흥초등학교를 나왔다고 하면 집이 좀 살았나 보다고 말하곤 했다. 실제 인천에서 태어나고 자란 작가의 인천에 대한 개인적 인상이 녹아든 소설이라는 생각이다. 작가는 말하고 있다.

새할머니의 빈소는 엄마의 고향이 위치한 병원에 모셔졌다. 엄마의 고향으로 내려가는 것은 오랜만이었다. 지하철로도 연결되어 마음만 먹으면 언제든 찾아갈 수 있는 곳이었는데도.(127쪽)

이 문단의 마지막 문장이 꼭 필요했을지 생각해본다. 어쩌면 작가에게 인천은 이 문장으로 대변되는 것은 아닐까. 지하철로 연결되어 있어 마음만 먹으면 갈 수 있는 곳인데 오랜만에 가게 된 곳. 신흥동으로 대변되는 인천은 마음만 먹으면 갈수 있는 곳인데 굳이 가게 되지 않는 곳. 새할머니에 대해 "그저 말할 기회가 없었을 뿐"이라는 진술과 묘하게 겹치는 느낌이다.

인천 사람들 중에 이상하게 서울에서 인천으로 갈 때 '내려간다'고 하고, 반대의 경우는 '올라간다'고 말하는 이들이 있다. 서울과 인천은 동서의 이동이고, 지형의 높낮이가 있는 곳도 아니다. 그러니 올라가거나 내려간다는 표현은 정확하지 않다. 그런데도 자연스럽게 내려가거나 올라간다는 말을 하게 된다. 짐작건대 서울을 중심으로 돌아가는, 아주 오래 전부터 내려오는 말 습관 같다. 작가도 '내려간다'고 쓰는 걸 보니 인천에서 오래 살긴 한 듯하다.

이 소설에서 '나'는 오페라를 좋아하는 남자와 「투란도트」를 보는데 공연에서 반복적으로 나오던 멜로디가 어느 순간 귀를 사로잡는다. 그리고 공연을 본 뒤 공원에서 슈퍼문을 보고 서로 감탄한다.

"저는 오래전에 이것보다도 훨씬 더 큰 달을, 본 적이 있어요."
한동안 달을 올려다보다가 불쑥 내가 그렇게 말했다.
남자는 말을 잇기를 재촉하듯 나를 쳐다보았다. 지구에 발을 딛고 있는 한 결코 이면을 볼 수 없다던 달은 완벽한 원형(圓形)을 이루며 어둠 위로 오롯이 떠 있었다. 그래야 할 이유가 전혀 없었는데도 나는 그와 나 사이가 갑자기, 우주가 팽창할 때마다 멀어진다던 은하 간의 거리처럼 아득하게 느껴졌다.(146쪽)

뒤에 인용하겠지만 남자가 말을 잇기를 바라고 나를 쳐다보는데도 말하지 못(안) 하던 더 큰 슈퍼문은 중국인 할머니와 본 달이다. 나는 남자에게 예전에 보았던 슈퍼문에 대해 이야기하지 않는 대신 이면을 볼 수 없는 달, 우주가 멀어질 때마다 멀어진다는 은하 간의 거리를 생각한다. 그것이 나와 남자와의 거리, 나와 새할머니였던 중국인 할머니와의 거리는 아니었을까.

나는 압도적인 크기의 달을 올려다보았다. 티베트 고원 위에도 공평히 비추고 있었을 거대한 달 주위로 어둠이 푸른빛으로 서서히 용해되고 있었다. 이토록 신비하리만큼 달이 큰 까닭은 타원형의 궤도 탓에 이따금씩 지구 가까이 다가오기 때문일 뿐이라지. 꽃향기처럼 얼굴 위로 쏟아지던 새하얀 달빛을 받으며 내가 아마 그런 생각을 하던 순간이었을 거다. 새할머니가 불쑥 아무렇지도 않은 듯 이렇게 말한 것은.

"대륙 사람 자식으로 태어나 대만 사람이 되어서 70년 넘게 여기서만 살았는데, 여기서 외로우면 어디를 간들 외롭지 않겠냐."

그리고 새할머니는 빛나는 달을 보면서 노래를 불렀다. 낭랑한 중국어로.

好一美麗的茉莉花 한송이 어여쁜 모리화

好一美麗的茉莉花 한송이 어여쁜 모리화

芬芳美麗滿枝 그 향기가 가지마다 넘치네

又香又白人人誇 향기롭고 하얗기에 모두가 좋아하네

讓我來將摘下 한 송이를 따서

送給別人家 임에게 보내련다

茉莉花茉莉花 모리화야 모리화

새할머니가 중국어를 하는 모습을 본 것은 그때가 처음이자 마지막이었다. 내가 제대로 기억하고 있는 것인지는 모르겠지만 새할머니가 노래를 부르는 동안, 채 덜 익은 모과가 땅 위로 떨어져 내렸다. 나뭇가지에 앉아 있던 새가 어딘가를 향해 날아가기라도 했는지, 바람도 한 점 없었는데. 선이 둥글고 파르스름한 열매는 긴 세월 동안 물에 씻긴 조약돌처럼 향기롭게 빛났다. 나는 노랫말을 이해할 수는 없었지만 새할머니의 목소리가 달밤과 썩 잘 어울린다고 생각했던 것 같다. 그렇지만 이 모든 기억이 혹시 꿈은 아닐까. 나는 그 밤의 기억에 대해서 누구에게도 말해본 적이 없다.(149~150쪽)

환한 보름달이 떠 있고, 무언가 회한에 젖은 중국인 할머니가 중국어로 노래를 부른다. 낯선 소리와 리듬이 적막한 가운데 퍼진다. 그런데 이 아름답기 그지없는 장면에서조차 화자는 다정하지 않다. 그 고즈넉한 밤, 새할머니 목소리가 달밤과 잘 어울린다고 해놓고 그게 꿈은 아니었는지 묻고 있다. 새할머니와의 그 밤이 내내 자신의 기억 속에 자리하고 있던 새할머니에 대한 감정이나 느낌과 달랐기 때문일 테다.

사진작가 김보섭의 '화교 이야기' 사진전을 본 적이 있다. 사진전 한쪽에는 영상도 마련되어 있었다. 카메라를 바라보는 인물들은 대부분 굳게 입을 다물고 있었다. 단단한 입매와 선이 굵은 주름은, 내게는 '누구든지 나를 함부로 보지 않게 하겠다'는 강한 무언의 다짐처럼 보였다. 그들은 그렇게 낯선 땅에서 견뎌왔을 것이다.

끝내 섞이지 못했던 중국인 할머니의 삶은 외롭다. '풍효래'라는 낯선 이름을 가졌던 할머니, 중국어로 말할 기회가 거의 없었던 할머니, 죽어서도 할아버지와 같은 묘에 묻히지 못했던 할머니. 감춰진 사랑을 누구도 알려 하지 않았던 것처럼 중국인 할머니의 삶에 '무례'하지 않을 만큼의 '예의'만을 갖춰 대했던 식구들.

내가 글을 읽고 떠올렸던 모과 향은 어디서 생겨난 것일까.

신포시장엔

없는 게
없다

김경은 중편소설 「개항장 사람들」

얼마 전 제물포구락부에서부터 자유공원, 웃터골, 인천극장 쪽을 지나 동인천역 양키시장과 중앙시장을 돌아보았다. 모두 인천 역사의 중심이자 서민들 생활의 중심이었던 곳이었으나 지금은 원도심으로 그때만큼 영화를 누리지 못하고 있다. 인천극장은 이미 문을 닫은 지 오래였고, 토요일인데도 양키시장 안은 조용했다. 나도 이 중앙시장 안쪽에서 중앙여중 교복을 맞췄고, 결혼 예물도 시장 끝 배다리가 시작되는 길목 앞 보석상에서 장만했다. 아직도 자리를 지키고 있는 가게 쇼윈도의 한복을 보았다. 화려한 색감은 조용한 골목에서 홀로 빛났다.

다행스럽게도 아직 신포시장은 활기차다. 그 활기의 한 부분은 신포닭강정을 사려는 사람들의 늘어선 줄 덕분이다. 다른 시장과 크게 다르지 않은데 그래도 나는 다른 시장에서 볼 수 없는 것들이 이 시장에는 있다고 생각한다. 입구에서부터 풍기는 닭강정 냄새 때문만은 아니다. 시장에 들어서면 매번 살 게 없나 두리번거린다. 시장 안에서 떡집을 하는 이종복 시인에게도 들른다. 구경하는 재미가 있다. 두부전이나 녹두전을 부쳐 주는 집이나 마구로 머리를 구워주는 집도 있다. 오래된 술집도 있다. 가끔 시장의 어느 가게가 아직도 그대로 있는지 안부가 궁금할 때도 있다. 그래서 신포시장을 갈 때는 언제나 마음 한쪽이 들뜬다. 이 '들뜸'이 시장을 더 활기차게 보이게 하는지도 모르겠다.

김경은의 「개항장 사람들」*은 중편소설이다. 주 무대는 신포시장 주변, 시장통과 한길이 맞닿은 곳에 있는 아버지의 식당이다.

줄기에 해당하는 통로가 나란히 두 개 있었다. 그 길을 따라 먹거리와 채소 잡화류를 파는 점포가 이어진다. 점포 사이사이로는 가짓길이 뻗어 자기네끼리 만나기도 하면서 통로와 연결되었다. 미로 같은 사잇길은 시장을 깊고 복잡하게 만들었고 돌아보는 재

---

* 2004년 『학산문학』 겨울호에 실린 「개항장 사람들」을 대상 텍스트로 삼았다.

미도 주었다. 그렇게 도로에서 시작된 시장통은 한길이 나오면서
끝난다. 시장통을 수직으로 마름하는 한길 양쪽으로는 주로 옷가
게와 식당이 이어졌다. 아버지의 식당은 시장통과 한길이 맞닿은
곳에 있었다. 카운터에 앉아 있으면 한길을 오가는 사람들이 정면
으로 보였다. 식당이 살짝 각도를 틀고 있는지라 곁눈으로는 등 뒤
에서 벌어지는 시장통의 일까지 대강 파악할 수 있었다. 동인천역
방향으로 신포 문화의 거리가 나오고 반대편으로는 하인천과 괭이
부리말, 월미도로 통했다.(73~74쪽)

신포시장을 웬만큼 다녀본 사람이라면 작가가 묘사해놓은
시장이 그림처럼 눈앞에 떠오를 것이다. 이 시장은 개항기에
중국인 화농이 운영하는 푸성귀전이 시초였다. 한때 터진개시
장으로 불리기도 했다. 개항기 바다와 육지가 맞물렸던 자리
에 개항 이후 외국인들이 몰려들면서 당시 중국인과 일본인을
비롯해 여러 외국인들이 찾는 시장이 형성되었다. 그 시장이
지금은 신포국제시장으로 불린다. 이런 역사를 알고 있는 작
가는 신포시장과 그 일대를 소설의 주 무대로 삼아 그곳 사람
들의 삶을 그려냈고, 소설 제목을 '개항장 사람들'이라고 붙였
으리라.

신포시장 바로 위 자유공원에 대한 묘사도 섬세하다.

언니와 나는 아버지 양손에 매달려 단 한 번 자유공원에 올랐다.

한미수교기념탑 자리에 있던 놀이기구를 탔다. 아버지, 저거. 이번엔 저거, 아버지, 아버지. 아버지를 부르며 우리가 손가락질만 하면 다 태워줬다. 회전목마와 꼬마기차, 다시 회전목마. 아버지가 기다리는 벤치로 내 손을 잡고 달리는 언니 얼굴이 발갛게 상기돼 있었다. 내 얼굴이기도 했다.(122쪽)

자유공원은 원래 만국공원으로 우리나라 최초의 근대식 공원이었다. 맥아더 장군 동상을 세우면서 공원 이름도 자유공원으로 바뀌었다. 1882년 한미수교를 맺었고, 100년 뒤 한미수교 백주년 기념탑을 세웠다. 원래는 인천각이라고도 불렸던 존스턴 별장이 있던 자리였고, 전쟁 때 건물이 부서진 이후에는 소설 속에 나오는 놀이기구들이 있었다. 한미수교 백주년 기념탑을 세우면서 놀이기구는 그대로 수봉공원으로 옮겨졌다. 소설 속 주인공도 이제는 그 자리에 날카롭게 솟은 기념탑의 차가운 모습밖에는 볼 수 없을 것이다. 아버지와 자유공원에 올랐던 기억이 희미해진 만큼 쇠의 느낌은 더 추억을 밀어내리라.

주인공의 아버지는 이 시장에서 고집 세게 좋은 원료를 고집하며 '개성만두'를 운영한다. 그러나 시대가 변하고 트렌드가 변하면서 가게는 날로 기울어져간다.

시청이 이전하면서 이곳 사람들의 자존심도 함께 자리를 뜨기 시작했다. 차츰 시청에 부속한 시설들과 사무실, 관련 업체, 하다 못해 문구 사무용품점까지 이전해 갔다. 인천의 중심에 있다는 자부심으로 살았던 사람들이 변방으로 밀려나는 쓴맛을 보았던 것이다. 목을 찾아 자리를 넘기며 한차례 떠난 후 남은 사람들의 면면은 노령화된 토박이와 그를 잇는 장남들이었다.(80~81쪽)

신포시장은 인천시 중구에 있다. '중구'라는 이름에서 짐작할 수 있듯이 인천의 중심지였다. 개항기에도 그 이후에도 중심지로 시청을 비롯한 주요 기관이 모여 있었다. 신포동 지하상가는 월급날이면 발 디딜 틈이 없었다. 한때 융성했던 신포시장은 시청이 이전하면서 쇠락하게 된다. '신포국제시장'이라는 이름을 달기도 하고, 빗물이 떨어지던 시장통 위를 아치형 아크릴 지붕으로 덮고 새롭게 정비를 해도 어쩐 일인지 사람의 발길이 예전 같지 않다. 가장 크게는 여기가 아니라도 어디든 볼거리가 생기고, 교통이 발달해 어디든 갈 수 있게 되었으며, 편리하게 이용할 수 있는 대형마트가 곳곳에 있기 때문일 테다. 신포시장 뿐만 아니라 전국의 모든 시장이 겪는 부침이다. 이곳에서 계속 장사를 할지 말지 하는 고민은 비단 주인공의 아버지만의 고민은 아닐 것이다.

할아버지가 하던 일을 어렵게 물려받았지만 "고단한 육신과 지역의 쇠락을 겪으며 이런 애물단지 물릴 아들 없는 게 차라리 다행이라고" 한숨 짓는 어머니의 허탈감은 이 시대를 어렵

게 헤쳐 나온 이들에게는 남 일 같지 않은 깊은 공감을 불러일
으킨다.

거기에 '나'의 삶이 얹힌다. 80년대를 고스란히 몸으로 부딪
히며 살아온 세대. 지극히 개인적인 삶조차도 대의명분에 눌려
야 했던 시간을 작가는 이렇게 묘사하고 있다.

시위 도중 잡힌 내가 구치소에 묶여 있다가 나왔을 때였을 것
이다.

두려워. 남편은 생뚱한 얼굴로 나를 쳐다봤다. 설명을 요구하는
표정이었다. 그런 얼굴을 보자 내가 했던 말을 취소하고 싶었다.
누구를 위해 나를 버릴 자신이 없어. 남편은 그 누구란 말을 민중
으로 받아들였다. 당연했다. 나를 버린다는 말은 민중 속으로 들어
간다는, 그 시절 우리들의 여러 표현 중 하나였으니까. 비장한 각
오를 상시적으로 확인하던 우리에게 민중이란 말은 항상 숙연한
무엇을 만들어주는 비약이었다. 하지만 나는 남편과 은밀한 행위
를 나누는 자리에서까지 숙연하고 싶지는 않았다. 차라리 남편이
가벼운 어조로 나도 그래, 했으면 남편과 동지 의식을 함께 나눌
수 있었으리라. 그랬으면 나는 그 누구를 민중이 아니라 나 아닌
남으로 뉘앙스를 바꾸었을 것이다. 가두시위에서 머리채를 잡혀야
하는, 하늘에서 춤추는 최루탄을 피해야 하는 스트레스를 수치심
없이 넘두리하고 다음 날은 훌훌 털어버릴 수 있었을 것이다. 남편
은 그러지 않았다. 일 년 먼저 학교에 들어간 남편은 그 세계에서

항상 나의 선배였다. 그는 학교에서 보는 선배들처럼 언제나 숙연하고 결연했다. 나는 남편이 나의 선배이길 바라지 않았다. 선배들에겐 신뢰감 넘치는 후배로 인정받더라도 남편에게만은 나의 밑바닥을, 아무에게도 보이지 못한 유치함과 이기심을 드러내서 잠시나마 긴장감을 털고 싶었다. 남편이 나도 그래, 했으면. 그런 틈을 보이지 않는 남편에게 나는 늘 사소한 꼬투리를 잡아 그 속을 확인하려 들었다. 그에게도 있을 유치함을, 반드시 있어야만 하는 이기심을. 한편으로는 그런 남편을 높이 평가하면서도 말이다.(104~105쪽)

인용이 길긴 하지만 이 단락에서 80년대를 살아온 젊음의 시간이 고스란히 보인다. 그때 우리의 모든 삶은 '비장한 각오'로 통했다. 아이스크림을 하나 사 먹을 때조차, 동지를 이성(異性)으로 보는 마음조차 스스로 비판하고 죄스러워했으니까. 그러나 인간이란 한편으로 사소한 존재가 아닌가. 감정을 누른 채 이성(理性)만 가지고 살 수 없는 것 아닌가.

그런 격동의 삶이 지나고, 지금 '나'는 아버지의 가게를 돕고 있다. 그러고 보면 할아버지 식당을 물려받기까지 아버지가 그랬고, 다시 '나'가 그랬고, 소설 마지막에 친정으로 들어온 언니가 그랬다. 식당은 그 자리에 내내 있었고, 반항과 격동과 부침의 삶을 살다 돌아온 이들을 말없이 받아주었다.

"지구가 둥근 건 다행일지도 몰라. 그러니 지구가 공전하고 자전하는 건 또 얼마나 다행이야."

나는 바다에 시선을 두고 둥근 지구에 주문을 걸기라도 하듯 말했다. 멀리 섬 자락 끝으로 오롱조롱한 불빛들이 행렬을 이루고 있었다. 불빛 몇 개가 바다를 떠다녔다. 유람선이었다. 시커먼 바다는 유연히 떠가는 형체 때문에 바다라는 걸 짐작할 수 있었다.

"그 자리에 있는 게 부러웠던 적이 딱 한 번 있었어. 맞혀볼래?"

그가 고개를 저었다.

"초등학교 때였어. 체육 시간에 선생님이 기준, 하면서 한 아이를 가리키는 거야. 그러면 아이들이 그 아이를 중심으로 흩어지지. 다시 기준, 하면 아이들이 그 아이를 향해 모이는 거야."

그가 나를 뚫어져라 쳐다보았다.

"누군가는 그 자리에 있어야겠지. 기준이 없으면 돌아가고도 그걸 모를 테니까."

나는 말을 마치며 그를 보고 웃었다. 그도 웃었다.(138~139쪽)

마지막에 이르러 작가는 '기준'을 이야기한다. 누군가는 그 자리에 있어야 한다는 것. 그 기준이 없으면 돌아가고도 모른다는 것. 이 기준이 소설 속에서는 식당이 아닐까. 한편으로는 이 부분에 이르러 읽는 독자인 나는 부끄럽다. 그 삶에 끼어들고 싶지 않으면서 그곳이 그 자리에 그대로 있어주길 바라는 자신의 이기심을 보기 때문이다.

자유공원과 중앙시장, 배다리, 율목도서관까지 그날 내가 둘러보았던 곳에는 모두 내 삶의 한 부분이 추억으로 남아 있다. 그 자리를 걷게 되었을 때, 가슴 한쪽이 간질거리는 것을 어쩔 수 없었다. 그러면서 고마웠다. 아직 그 자리에 남아 세월을 이고, 버티고 있는 그 장소, 그 가게, 불빛들이. 그 삶 속으로 들어가보면 얼마나 고단할지 잘 알고 있기에. '기준'이란 게, 그 냥 그 자리를 지키고 서 있다는 게 쉽지 않다는 것을 잘 알기에. 마려운 오줌을 참고, 내리쬐는 햇볕을 참고, 움직이지 않아야 한다는 것을 그 기준이 되어보지 않고는 모른다. 다른 이들은 그저 팔을 벌려 줄을 맞추고 자기 자리를 잡으면 되니까.

그 '기준'으로 우직하게 서 있는, 떡집을 하는 제운당이 있고, 민어회를 파는 횟집이 있고, 닭강정집이 있고, 메밀이나 냉면을 파는 곳이 있다. 또 생선을 말려 파는 곳도, 전을 부쳐 파는 곳도 있다. 또 있고, 또 있다.

소설의 마지막으로 가면 그와 다시 시작하려는 '나'가, 친정으로 들어온 언니와 함께 식당을 다시 일으켜 세우며 건강한 삶을 살아가리라는 것을 짐작할 수 있다. '나'를 미워했던 아버지도, 아버지를 미워했던 할아버지도 실은 사랑의 서툰 표현 탓이라는 것을 알게 되고, 안도의 숨을 내쉬게 된다.

작가는 적지 않은 분량으로 삶의 다층을 덤덤한 듯, 그러나 따뜻한 시선으로, 촘촘하고 적나라하게 그리고 있다. 신포시장도, 그들의 삶도 현장을 그대로 옮겨놓은 듯하다. 때로는 날것 그대로, 때로는 곰삭은 젓갈 냄새를 풍기면서 소설은 다름 아

닌 삶의 적나라한 현장을 애기할 수 있어야 한다고, 우뚝 서서
신포시장의 긴 길목을 바라보며 말하고 있는 듯하다.

여우에게
홀리는

길
김진초 단편소설 「여우재로 1번길」

　　십정동, 열우물 동네에는 '여우재로'라는 지명이 있다. 여우재라니. 여우가 출몰하는 고개라는 건가? 아니면 그 옛날 '전설의 고향'처럼 고개를 넘다가 여우에게 홀리기라도 한다는 건가. 호기심이 발동한다. 짐작컨대 이 소설은 이 지명이 주는 영감에서 비롯됐을 것이라는 생각이 든다.

　　운전기사인 '나'는, "시커무죽죽한 돔형의 우주기지, 열우물경기장이 보인다. 저걸 끼고 핸들을 확 130도쯤 꺾어 우회전하고 얼마 안 가 다시 90도 좌회전을 한 다음 언덕을 오르"는 길에서 한 아이를 만난다. 이 길에서 「여우재로 1번길」*이

*『사람의 지도』(미소, 2020)에 실린 「여우재로 1번길」을 대상 텍스트로 삼았다.

야기는 시작된다. 아이 얘기에 앞서 먼저 이 길이 어떤 길인지 살펴보자.

　산자락을 타고 넘는 으슥한 길이라 외지 사람들은 갑자기 들어선 시골 정취에 감탄을 금치 못하는 길이었다. 그보다 먼저 이 길에 들어서면 바짝 긴장해 가좌동 진주아파트 가는 길 맞아요? 하며 확인하는 이도 많았다. 마치 내가 못된 짓을 하려 납치라도 하는 듯 경계하는 표정이었다. 여차하면 문을 열고 뛰어내릴 듯 문고리를 잡은 여자도 보았다. S자형 고개를 넘고 저만치 아파트 숲이 보이면 비로소 문고리에서 손을 떼며 안도와 함께 말하곤 했다. 참 운치 있는 길이네요. 도심 속에 이런 오지를 숨겨두고 있다니 놀라워요.(125~126쪽)

　으슥한, 오지의 느낌을 주는 길이다. 이뿐인가. 근처에는 도살장도 있다.

　대로 건너편은 도살장 거리다. 길가에서 손을 흔들며 분주하게 호객하는 상인들과 달리 붉은 조명 아래 붉은 육덕으로 전시된 죄 없는 짐승들은 묵묵하다. 사지로 분해된 생존의 흔적이 나란히 갈고리에 매달려 이따금씩 흔들린다. 살아 코뚜레, 죽어 갈고리, 저들의 운명은 죽어서도 자유롭지 못하다.
　언젠가 도살장 상가 손님을 태워 저 안까지 들어간 적이 있다.

대로에서는 보이지 않지만 안쪽으로 들어가면 얼굴 전시회가 있다. 깔끔하게 면도하고 웃는 분홍 돼지머리야 재래시장에서 쉽게 보지만 육신에서 분리된 소머리를 보기는 처음이었다. 얼룩박이 젖소가 아니란 걸 증명하듯 면도도 않은 누런 털의 한우. 그들이 나란히 전시돼 손님을 기다리고 있었다. 얼굴 앞 고무다라에는 꿈틀대는 내장이 흘러넘쳤고. 비릿한 주검의 냄새 사이로 어느 식당에선가 끓이는 콩나물김칫국 냄새가 섞여 들었다. 도살장 사람들 비위를 달래기에 알맞은 그 냄새가 왠지 가혹하게 느껴져 콧등이 시큰했다.(122~123쪽)

여우재로 길은 여우가 아니라 수많은 소와 돼지의 영혼이 묻힌 곳이라고 할까. 가보지는 않았지만 십정동에 도살장이 있다는 말은 몇 번 들은 적이 있다. 수많은 동물의 영혼이 떠도는 곳, 인간의 육식을 위해 희생된 영혼과 오지 느낌의 으슥한 길, 그야말로 여우가 출몰할 만하지 않을까. 그 길에서 한 아이를 만난다. 주인공인 '나'는 아이에게 묻는다. 위험하게 왜 혼자 이 길을 다니냐고. 아이의 대답이 이상하다.

"홀리려구요."(126쪽)

그러니까 「여우재로 1번길」은 여우재로에서 만난 아이인 듯 아닌 듯한, 존재하는 듯 존재하지 않는 듯한 아이에게 홀린 소설이라고 말할 수 있다.

기사인 '나'는 삶에 별 의욕도 없이 운전을 하며 살다가 아이를 만난다. 아이는 당돌하다. 사회적 통념으로는 판단할 수 없는 아이다. 이름도, 나이도 드러나지 않는다.

"아저씨! 나, 입이 마늘마늘해 죽겠는데 쿨피스 없어요?"

마늘마늘해는 무엇이고 다짜고짜 쿨피스는 또 뭔가? 맹랑한 계집애였다.

"너, 나 아냐?"

"아! 짱나! 이제부터 알면 되잖아요? 있어요 없어요?"

맡겨놓은 것처럼 다그치는 아이가 어이없어 피식 웃으며 고개를 저었다.

"그럼 우유! 아님 물이라도."

계집아이는 혀를 U자로 접어 꽃잎처럼 내민 채 훅훅 숨을 내뿜으며 다그쳤다. 먹다 남은 생수병을 내밀자 총알같이 채가 입을 헹군 뒤 선심 쓰듯 말했다.

"이제 돌아서서 볼일 보세요. 나도 다 알아요. 아저씨가 왜 여기서 내렸는지."

일수 찍듯 하루 한 번은 여길 다녀가기에 이 길에서 일어나는 일은 훤하다는 아이였다.(124~125쪽)

아이의 말 같기도 하고, 사춘기 청소년의 말 같기도 하고,

또 노회한 어른의 말 같기도 하다. 게다가 아이는 어쩐 일인지 매일 여기를 하루에 한 번씩 다녀간다고 한다. 아무런 시설도 없는 곳, 으슥하기까지 한 길을 아이는 왜 매일 오는 것일까. '나'는 홀리듯 이런 아이를 찾아간다. '나'는 쿨피스를 들고, 아이는 생마늘을 들고 그렇게 만난다. 생마늘을 먹고, 쓰린 혀와 위를 달래기 위해 쿨피스를 먹는 아이. 그러니 아이는 허깨비가 아니다. 그런데 작가는 쓰고 있다.

그 아이를 증거할 길은 없다. 지금 내가 서 있는 곳이 있을 뿐 아무런 흔적도 없다. 정말 그 아이가 여기 있었을까? 여기서 나와 함께 차에 올라타 생마늘을 까먹고 쿨피스를 나눠 마셨을까? 가끔 나는 나의 기억을 의심한다. 바꿀 수 없는 건 과거뿐이라는데 부동의 과거가 나를 시험한다. 살다 보면 귀신이 곡할 일을 가끔 겪는다. 이것도 그중 하나일지 모른다.(129쪽)

작가는 안 기사라는, 성씨로서의 '안'과 아니라는 부정의 '안'을 중의적으로 쓰고 있고, 언젠가 흔적도 없이 잃어버린 포메라니언을 등장시킨다. 여우재 근처의 열우물 경기장은 오랫동안 있던 식당을 흔적도 없이 사라지게 했다.

"헐! 아저씨 안 기사 맞네. 아주 딱 맞는 성이야."
그 아이가 차 안에 붙은 기사 신상표를 보며 까르르 웃었다. 어

오른쪽 건물이 열우물경기장이고. 버스가 나오는 그 길을
거꾸로 지나가는 구부러진 길이 여우재로다.

려서부터 안가인 내 성이 마음에 안 들었다. 뭘 해도 아닌 성, 안 선생, 안 사장, 안 기자, 안 검사…… 안 기사는 그래도 낫다. 적어도 내 꿈이 기사는 아니었으니까.(132쪽)

경비실에 강아지 실종 신고를 했다. 답이 없었다. 그것으로 끝이었다. 눈처럼 하얀 포메라니언은 눈처럼 가뭇없이 증발하고 말았다. 그럴 줄 알고 이름을 지어주지 않았던 걸까?(131쪽)

새로 뚫린 불편한 길에 익숙해지면서 사람들은 먼저 길을 잊고 이학식당도 잊어버릴 것이다. 가축의 골을 빼먹던 엽기적인 식당의 존재 자체가 부인될 것이다. 보이는 것만 믿는 세상, 그 아이가 보이지 않으면서 나도 때때로 그 아이의 존재를 의심한다. 의심이 몸피를 불릴 때마다 여길 찾아오는 건지도 모르겠다.(122쪽)

안 기사인 '나'는 아이를 만나면서 위안을 얻는다. 차 안에서 같이 노래를 부르고, 이야기도 한다. 나는 오후만 되면 일부러 그 길, 여우재를 찾는다. 그러나 존재하듯 존재하지 않는 아이와의 만남이 끝까지 계속될 수는 없는 것. 아이가 사라진다.

"근데 너는 학원도 안 다니냐? 허구한 날 혼자 길거리나 쏘다니니 친구가 없지."
아이가 샐쭉하더니 눈을 하얗게 뜨고 따발총처럼 쏘았다.

"그래요. 이제 알았어요? 난 학원도 안 다니고, 학교도 안 다니고, 아무데도 안 다녀요. 안 학생이고 안 사람이에요. 어쩔래요?"

짐작은 했지만 당황스러웠다. 심한 말도 아니었고 아이의 상황이 내 탓도 아니었다.

"이제 아저씨도 안 기다릴 거예요. 나한테 하나도 안 미안해도 되니까 여기 오지 마세요. 완전 쫑났으니까!"

여린 마음이 다쳐 홧김에 그런 줄 알았다. 아이가 정말 발길을 끊을 줄은 몰랐다.(142쪽)

아이는 왜 사라졌을까. 아이는 아니라는 부정의 뜻, '안'을 내세우더니 끝내 사라졌다. '나'가 이 사회의 통념을 잣대로 들이밀 때 아이는 사라졌다. 그리고 소설의 마지막, '나'는 할머니와 아이, 그리고 비슷한 또래의 어떤 아이를 태운다. 그리고 운전을 한다. 그러나 어쩐지 이상하다.

난데없는 풍경 소리가 들린다. 주승은 잠이 들고 객이 홀로 듣는구나. 저 손아 마저 잠들어 혼자 울게 하여라. 풍경 소리가 지이잉 지이잉 나선형 울림 소리로 바뀐다. 자장가처럼 안온하다. 그런데 이 차는 어디로 가는 걸까. 핸들을 놓쳤는데 왜 부딪치지도 서지도 않는 걸까. 깜깜해서 아무것도 모르겠다. 내가 있는 곳이 여기인지 저기인지도 모르겠다. 저 손님들을 안전하고 신속하게 배달해야 되는데 차는 움직이고 나는 정지했다. 어둠과 진행이 함께하는 완벽한 정지다. 한없는 진행이고 한없는 정지다. 진행과 정지의 틈으로 몽정 같은 죄책감과 후련함이 등뼈를 훑고 지나간다. 이어 무섭도록 고요한 평화가 온다. 아득하다. 다만 아득할 뿐이다.(148쪽)

소설의 마지막이기도 한 이 환상적인 장면에서 '나'는 여기 있는지 저기 있는지, 정지해 있는지 진행하고 있는지 알 수 없다. 이 소설은 존재하고 있으나 존재하지 않는, 혹은 존재하지 않으나 존재하는 '아이(여우)'를 등장시켜 사람들이 때때로 꿈꾸는 일탈, 혹은 유토피아를 이야기하고 있다. 아주 소박하게. 삶에서 누릴 수 있는 조금의 여유, 땀을 식혀줄 바람 같은 존재, 아직 희망을 버릴 때가 아님을 알려주는 그 무엇. 그리고 그것을 가능하게 한 여우재라는 공간.

'여우재로'는 부평구 십정동 쪽 지명이 아니라, 서구에 속한 지명이다. 열우물경기장 역시 행정구역은 서구이다. 그런데 인접한 십정동의 열우물 이름을 따와 경기장을 '열우물경기장'이라고 지었다. 그러니까 경기장도 서구에는 존재하지 않는 '열우물' 이름을 따온 것이다. 소설을 읽다 보니 묘한 일이라는 생각이 든다.

열우물은 인천의 마지막 달동네로, 지금은 재개발이 진행되고 있다. 언젠가는 거기, 열우물 동네에 수많은 판자촌이 서로 어깨를 기대며 삶을 위로했다는 걸 아는 이가 드물어질 것이다. 동네 집들을 쓸어버리듯 말끔히 지우고 아파트가 들어서면 그 어느 곳에도 흔적은 남아 있지 않을 테니까.

소설은 '여우재'라는 장소를 빌려와 택시 기사와 알 수 없는 아이의 만남을 통해 여우에게 홀린 것과 같은, '만났으나 흔적이 없는 아이'에 대한 얘기를 하고, 그런 일이 이 세상에 살다 보면 아주 없는 것도 아니라고 이야기한다. 더불어 장소성에 대해 조금 더 주목하게 만든다. 있었으나 없어진, 완전히 변해 버려 흔적을 찾을 수 없는 동네.

환지통이란 말이 있다. 손이나 발이 잘리게 된 환자가 이미 없는 손과 발에서 통증을 느끼는 현상이다. 이 아이러니가 소설을 관통하고 있는 또 다른 맥은 아닐까.

부는 바람의
끝에

매달린 것은

이선우 단편소설 「바람은 불고 싶은 데로 분다」

소설가 이선우는 결혼 이후 인천에서 30년 넘
게 생활하고 있다. 소설 「바람은 불고 싶은 데로 분다」*에는 황
혼에 만난 노인 커플, 그리고 두 사람을 지켜보는 손녀인 '나'
가 등장한다.

3년 전 게이트볼 장에서 만난 할아버지와 할머니는 이별을
앞두고 있다. 알코올중독자 아들을 돌보기 위한 할머니의 어
쩔 수 없는 선택이었다. 우체국에서 할머니의 짐을 보내고 점
심을 먹고, 공원을 산책하는 것으로 이별을 대신한다. 떠난다

---

* 『바람은 불고 싶은 데로 분다』(실천문학, 2017)에 실린 표제작을 대상 텍스트로 삼았다.

고 하는, 이별을 전혀 느낄 수 없는 평온하고 다정한 식사와
산책이다.

> 우리는 짜장면을 앞에 놓고 앉았다.
> "입술이 달아났수? 흘리고 먹긴."
> 할머니는 할아버지 입가에 흘러내린 짜장면 가닥을 떼어냈다.
> "당신은 턱이 달아난 게야?"
> 할아버지가 손을 들자 할머니는 닦아달라는 듯 입을 앞으로 쭉
> 내밀었다.(72쪽)

이런 장면에서 어떻게 이별을 연상할 수 있을까. 젊은 연인
들보다 더 다정한 식사 풍경이다. 이 장면을 통해 작가는 격정
의 시기가 지난 노년의 사랑을 '삶'이라는 자리에 놓고 있다.
이별 역시 일상적인 삶과 크게 다르지 않다고 본 것이다.

> 나는 잦은 뱃멀미를 하듯 알 수 없는 것들로 자주 출렁이고 요동
> 치는데 저 나이가 되면 항구에 닻을 내린 것처럼 언제나 고요할 수
> 있겠구나 싶었다. 그래서 내일 헤어져도 저토록 담담할 수 있는 것
> 인지 궁금했다.(72~73쪽)

할아버지와 할머니는 짜장면을 먹고 공원을 산책한다. 공원
은 한국화약 인천공장이 있던 자리로, 한때 그 공장을 다녔던

할아버지는 폭발 사고로 손가락을 다쳤다.

한국화약 인천공장은 1956년 초반 폭약 생산에서 시작해 1958년 다이너마이트 생산에 성공함으로써 한국 산업 역사에 화약을 등장시켰고, 경부고속도로 등 국가 기간시설 건설과 경제 발전을 위해 폭약 124만 톤, 뇌관 11억 개, 도화선 7억7천만 미터에 이르는 화약을 생산하며 국가 재건과 성장에 함께했다. 위험물인 화약을 만들던 공장이라 크고 작은 사고도 피할 수 없었다.

두 아름도 넘는 플라타너스 나무 여러 그루가 호숫가에 수문장처럼 줄지어 서 있었다.

"선영아, 꼭대기 좀 올려다봐라. 이백 년은 가까이 됐을 게다. 화약 공장이 있기 전부터 이 자리를 지키고 있었다니까."

"정말 대단하네요. 가까이에 이런 곳이 있어 좋겠어요."

"할머니가 가면 혼자 얼마나 오게 될까 싶다. 이곳이 다 우리 회사 부지였어. 위력이 약한 화약이 터졌으니 손가락만 잘렸지, 그 자리서 잘못된 사람도 많았다."

할아버지는 회사 부지를 말할 때 허공으로 조막손을 뻗어 넓게 원을 그렸다.

"어휴, 그 얘기는 올 때마다 들어서 다 외웠어요."

할머니의 말에 할아버지가 웃었다.(76쪽)

한국화약이 있던 자리에 세워진 한화기념관 내부의 화약제조공실.

지금은 안내판과 한화기념관인 '화약전문박물관' 건물이 아니라면 화약 공장이 있던 자리라는 것을 전혀 알아볼 수 없다. 그 자리에는 대단위 아파트 단지와, 호수와 양 떼 목장과 아름드리나무가 있고, 인조 잔디까지 깔려 있다. 화약 공장은 지워진 풍경이 되었다.

작가는 왜 헤어지는 할아버지와 할머니의 마지막 공간으로 화약 공장이 있던 자리에 조성된 공원을 설정했을까. 많은 사람들은 화약 공장이 있었는지 모르지만 그 지워진 풍경 속 한 부분을 담당했던 할아버지에게 그곳은 산책하기 좋은 그냥 공원이 아니다. 할머니가 할아버지의 말을 외울 정도로 그 장소는 할아버지의 삶에 깊숙하게 개입한 곳이다. 아마도 이별의 장소를 할아버지의 삶에 특별한 의미가 있는 곳으로 함으로써, 담담한 이별의 풍경 뒤에 숨은 아픔을 환기하고 싶었던 것은 아닐까.

"가시가 잘 박히는데…… 손가락에 박힌 가시는 누가 빼주지……"

할아버지는 딱히 나와 할머니에게 말하는 건 아니라는 듯 혼잣말로 침묵을 깼다.

"뭐든 한 손으로 하니까 가시가 잘 박히죠. 조심하는 수밖에요."

"대상포진 있던 자리 말이야. 그 자리에 파스는 누가 붙여주나."

"아프면 병원으로 달려가야지 절대 파스 붙이면 안 돼요. 언젠가 당신이 우겨서 파스 붙였다가 물집 생겨 오래 고생했잖아요."

할머니는 꼭 병원을 가라고 단단히 이르며 면박을 줬다. 할아버지는 또 생각에 잠겼다가 입을 열었다.

"조개탕은 못 먹어도 한 달에 두 번은 먹어야 하는데 어떻게 만드나 가르쳐주든지 하구려."

"무슨 소리예요? 뜨거운 거 잘못 만졌다간 큰일 나요. 더구나 한 손으로는 더더욱요. 역 앞 홍가네 식당에서 사 먹고 절대 만들어 먹을 생각일랑 마세요."(83~84쪽)

소설에서 가장 빛나는 부분이다. 헤어지는 것이 싫은 할아버지는 할머니가 없는 삶을 인정하기 싫다. 그렇다고 아들을 돌보러 가겠다는 할머니를 붙잡을 방도도 없다. 그 마음이 고스란히 드러나는 연극적인 느낌의 대화야말로 할아버지와 할머니의 사랑이자 삶의 현주소다.

이 소설에는 또 한 공간으로 소래포구가 등장하는데, 소래포구는 공원처럼 직접 산책하는 곳이 아니라 멀리 바라보는 장소이다.

창밖으로 멀리 펼쳐진 바다 풍경이 들어왔다. 조업을 끝낸 통통배들이 휴식을 위해 소래포구 갯골로 들어오고 있었다. 큰 배들은 바닷물이 더 차오르기를 기다리며 갯골 가장자리에 서 있었다.

'평화롭다. 그래. 멀리서, 멀리서 보니까 평화로운 거야.'(64쪽)

할아버지와 할머니의 사랑과 이별이 공원을 산책하는 직접적인 행위로 나타났다면, 동거를 제안하는 근태에게 확답을 하고 있지 않은 '나'에게 소래포구는 멀리 바라봐야 하는, 평화를 깨고 싶지 않은 그림이다. '나'는 사랑에 빠지고 싶지 않은 것이다.

　우리는 커피를 마시며 각기 다른 곳을 바라보았다.
　"선영아, 저 갯골 끝나는 곳에 염전 있던 거 알지? 지금은 폐염전 자리에 소래습지 생태공원인지 뭔지가 생겼어. 일제 때 소금을 수탈하기 위해 만든 염전인데 협궤열차도 그걸 실어 나르기 위해 그때 개설한 거라더라. 너 어려서 서너 번 망둥이 잡으러 갯골이니 염전 근처로 나랑 쏘다닌 거 생각나니?"
　"전혀요."
　나는 창가로 가 할아버지 등 뒤에서 짧게 대답했다.(83쪽)

　'나'는 할아버지가 창밖으로는 보이지 않지만 미루어 짐작되는 폐염전 얘기를 할 때도 할아버지가 소환한 기억에 뛰어들지 않는다.
　할아버지와 할머니의 삶이 운명에 순응하는, 바람이 불고 싶은 대로 놔두는 삶이라면, '나'는 그 바람조차 맞기 싫어서 어딘가로 숨는다고 할 수 있다. '나'는 할아버지 집에서 나오면서 근태의 전화를 확인하는데 그때 바람이 분다. 결국 바람은 할아버지와 할머니를 지나 '나'에게 오고 있는 것이다. 그 바람 끝에 매달린 것은 무엇일지 자못 궁금하다.

인천 5·3민주항쟁,

그리고
1987년

양진채 중편소설 「플러싱의 숨 쉬는 돌」

영화 「1987」을 봤다. 제목 '1987'이 이미 많은 것을 이야기하고 있었다. 1987년 한국은 격동의 시기였다. 영화 속에서 서울, 부산과 광주 등 여러 도시가 다뤄졌다. 그 시절의 상인, 넥타이부대, 택시 운전사였던 이의 증언도 이어졌다. 그 '중심'에 인천은 비껴 있었다.

물론 부평역, 효성동, 청천동 등에서도 박종철 고문 살인 은폐조작을 규탄하고 '호헌철폐 독재타도'를 외치는 시위가 있었다. 다만 항쟁의 중심에 서지는 못했다. 바로 전년도인 1986년에 일어났던 인천 5·3민주항쟁의 영향이 컸다. 위키백과사전은 인천 5·3민주항쟁을 "1986년 5월 3일에 인천에서 벌어진 민주화운동으로 다음 해 6월항쟁의 불씨가 되는 민주화운동사의 중요한 사건이다. 사실상 6월항쟁의 1년 전 예고편이었다"라고 정리하고 있다. 설명대로 전국적인 규모로 일어난 6월항쟁의 불씨였으나, 5·3항쟁으로 인해 대대적인 검거와 탄압이자행되면서 인천에서는 이듬해 6월항쟁을 조직화할 힘이 다른 지역에 비해 부족했던 것이다.

영화 「1987」을 보고 나니, 인천 5·3민주항쟁이 떠올랐다. 6월항쟁의 불씨였던 인천 5·3민주항쟁이 일어난 지 30년이 훌쩍 넘었다. 그때 나는 스물한 살이었다. 그날 나는 들키지 않게 허리에 철사를 두르고 시민회관 광장 한가운데에 있었다. 자꾸 쇠독이 오르려는지 허리가 가려웠지만 긁을 수가 없었다. 기다리던 호각 소리가 들리자 나는 재빨리 연단을 만드는 리어카로 달려가 허리춤의 철사를 풀어 내밀었다. 연단의 상판을 고정하는 데 쓰였을 것이다. 수만 장의 유인물이 하얗게 도로를 채웠고, 어디선가는 연기가 피어올랐고, 함성 소리가 나기도 했고, 어깨를 걸고 발을 맞춰 행진하기도 했다. 어느 순간 최루탄 자욱한 길에서 도망을 쳤고, 주안역 담이 무너진 걸 보았다. 옷에 묻은 최루탄 가루 때문에 어딜 가든 사람들이 재채기를 했다.

이 기억은 조각나 있었다. 나는 그 광장 한가운데서 무엇을 하고 있었던 것인가. 내가 팔을 치켜올리며 강단지게 외쳤던 구호는 무엇이었나. 그때 그 광장에 있던 사람들은 모두 어디로 갔는가. 그날은 대체 역사적으로 어떤 의미를 지니는가. 살아오면서 이 물음을 아주 가끔 되물었다. 아니, 정말로 궁금했다. 그날이 어떤 날로 명명될 수 있는지. 내가 그 광장에서 한 일이 대체 무엇이었는지, 왜 그 이후의 기억들은 흐지부지한지. 왜 30년이나 지난 지금도 벗어나지 못하고 되묻고 있는지. 지금도 그 청춘의 시간에서 완전히 자유롭지 못한 나는 어떤 방식으로든 1986년 5월 3일을 꼭 풀어내고 싶었다. 그렇게「플러싱의 숨 쉬는 돌」*이 쓰였다.

중편소설「플러싱의 숨 쉬는 돌」은 돌을 매개로 한 세 사람의 이야기라고 할 수 있다.

1970년대 미국에서 큰 인기를 끌었던 '숨 쉬는 돌'인 '패트락'을 한국에서 팔아보려고 한 낭만적인 삼촌이 있다.

대문을 열었을 때, 삼촌은 철 지난 크리스마스트리처럼 서 있었다. 진한 밤색 구두에 빨간 양말, 진초록 진바지에, 흰 바탕에 커다란 야자수 잎이 프린트된 긴팔 남방셔츠를 입고 있었고, 크리스마스트리의 하이라이트인 나무 꼭대기 금색 별 대신 색이 바랜 패도라 모자를 쓰고 있었다. 코는 빨갛게 얼었고, 햇빛도 없는데 눈이 보이지 않을 만큼 짙은 검은색 선글라스를 쓰고 있었다. 커다란 여

---

*『검은 설탕의 시간』(강, 2019)에 실린 중편소설「플러싱의 숨 쉬는 돌」을 대상 텍스트로 삼았다.

행 가방을 들고 있는 손은 핏줄이 비칠 정도였다. 허리에는 좀 과장하자면 레슬링 선수가 찰 법한 커다란 벨트까지 하고 있었다. 모든 곳에 눈이 갔고, 어느 한 곳에도 눈을 두기가 어색했다. 입고 있는 옷들이 어울리지 않았는데 그럼에도 묘한 조화를 이루기도 했다.(127쪽)

이렇게 등장한 삼촌은 바닷가에서 돌을 주워와 '숨 쉬는 돌'을 만들어 팔려고 하지만 엄혹한 시대는 삼촌의 낭만을 허락하지 않는다. 삼촌은 괴상한 복장과 기이한 행동으로 어디론가 끌려갔다가 겨우 풀려나고, 그 후유증으로 미국으로 건너가서는 지금까지 떠돌이 같은 삶을 사는 사람이다.

그리고 1986년 인천 5·3민주항쟁과 2008년 광화문광장에 서 있던 그녀와 '나'가 있다.

내가 살던 도시에서 대규모 집회가 잡혔을 때도 이틀째 집에 들어가지 못하고 있었다. 집회는 시민회관 앞에서 있을 예정이었다. 나는 몇 년 만에 이 도시에 발을 들여놓았다. 내가 살던 곳에서 제법 떨어진 곳이긴 했지만, 내가 태어나고 내가 살던, 멀리 부두와 바다를 가진 도시였다. 시민회관 주변에는 사람들로 가득했다. 사람들은 서로 모르는 척 지나쳤다. 말은 없었지만 무엇을 위해 왔는지는 짐작할 수 있는 사람들이었다. 누군가는 플래카드를 접어서 배에 두르고 있었고 누군가는 각목을 숨겼다. 누군가는 전단지를 감추고 있었다. 나는 허리에 철사를 감고 있었고 표시가 나지 않도록 헐렁한 셔츠를 입고 있었다. 철사는 아주 가늘지도, 굵지도 않은 적당히 휘어지는 것이었다. 대여섯 가닥이 맨살에 둘러져 있었다. 겉으로는 표시가 나지 않는데 나도 모르게 바짝 긴장하고 있었다.(144쪽)

시민회관에서는 야당의 지부당 결성 대회를 몇 시간 앞두고 정부를 비판하는 선동용 방송을 밖으로 내보내고 있었다. 나는 속으로 중얼거렸다. 우리에겐 우리의 시간이 있다.

누군가 휘슬을 불었다. 그것은 우리의 시간이 시작되었음을 알리는 신호탄이었다. 아우성 속에서 재빨리 허리에 감고 있던 철사를 풀었다. 언뜻 허리의 붉은 줄이 눈에 들어왔지만 그것을 쳐다보고 만져볼 여유가 없었다. 리어카 위를 합판으로 덮고 연단을 세웠다. 철사로 연단이 무너지지 않게 지지대와 연결해서 고정시켜야 했다. 누군가는 각목을, 누군가는 합판을 들고, 일사분란하게 움직여, 순식간에 연단이 만들어졌다. 공연장 무대를 방불케 하는 요즘 연단 차량과는 비교 자체가 안 되는 작고 보잘것없는 선동 차량이었다. 그때 우리의 힘은 리어카 연단처럼 보잘것없었다. 적어도 외향적으로는 그랬다.(146쪽)

전철역 방향으로 뛰었고, 개찰구를 뛰어넘고 플랫폼으로 들어오는 전철을 무조건 탔다. 전철을 타자마자 바로 옆 사람이 재채기를 했다. 곧바로 그 옆 사람도 재채기를 했다. 우리 옷에 허옇게 묻은 최루가스 때문이었다. 그때까지 붙들고 있던 여자 손을 놓았다. 내 손에 피가 묻어 있었다. 놀라서 그녀의 손목을 바라봤다. 도망칠 때, 시멘트벽에 긁힌 모양이었다. 제법 피가 나오고 있었다. 그녀는 가방에서 손수건을 꺼내 묶어달라고 했다. 손수건을 접어 단단하게 묶었다. 우리는 사람들 눈을 피해 각자 열차의 다른 칸으로 옮겼다. 짓밟힌 단화가 보였다. 붙들 수는 없었다.(147쪽)

역사 내 텔레비전에서 오늘 있었던 시위에 대해 방송하고 있었다. 깨진 보도블록, 불타는 전투경찰차, 난무하는 유인물, 화염병을 든 시위대, 최루탄 가스로 자욱한 거리, 휘날리는 색색의 깃발들. 저기 사각 화면에서 비껴선 어디엔가 내가 있었다. 철사를 둘렀던 자리가 맹렬하게 가려워왔다. 참을 수가 없었다. 잠깐 아득해졌다.(148쪽)

인천 5·3항쟁은 1986년 5월 3일, 지금은 미추홀구로 바뀐 남구 주안사거리 시민회관 앞에서 당시 야당이던 신민당의 개헌추진위원회 경기·인천지부 결성 대회를 앞두고 재야, 노동자, 학생, 시민 등이 모여 민주헌법 쟁취와 독재 타도, 노동생존권 보장 등을 요구하며 벌인 민주항쟁이었다. 이날 사회단체와 학생, 노동자들이 대규모로 결집하여 시위를 벌였고, 경찰은 73개 중대 1만여 명의 병력을 동원하여 진압에 나섰다. 이

1985년 5월 3일 시민회관 건물과 그 앞 사거리.

인천 5·3민주항쟁을 기리기 위해 옛 시민회관이 있던 자리에 세워진,
'다시 부르마, 민주주의여'라는 글이 새겨진 비.

날 대회장에 뿌려진 유인물은 총 50여 종으로 시민회관 사거리 주변 도로가 온통 유인물로 뒤덮일 정도였다.

정부는 5·3항쟁을 좌경 용공 세력의 반정부 폭력 행위로 규정하고 민주화운동 진영 전체에 총체적 탄압을 가하기 시작했다. 5·3항쟁은 독재에 맞서 싸워왔던 노동자·학생·재야 세력이 연대하여 펼친 가장 큰 시위이자 정치투쟁이라는 역사적 의미를 가지고 있다.

이렇게 1986년 5·3민주항쟁을 함께했던 두 사람은 전혀 다른 모습으로 2008년 광화문광장에서 다시 만난다. '나'는 적당히 타협하며 안온한 삶을 살아가고 있었고, 그녀는 지금까지 변치 않고 그 길을 가고 있었다.

"내 꿈이 뭔 줄 알아? 이 광장에 나와서 사람들한테 싸고 맛있는 잔치국수를 파는 거야. 다시마랑 양파랑 멸치 잔뜩 넣고 끓인 육수에 차진 국수 가락이랑 김치도 몇 점 들어간 잔치국수 말이야. 배고파서 먹든, 맛으로 먹든 한 그릇씩 사서 서서 후루룩 면발과 국물을 들이켠 다음 광장으로 가는 거야. 촛불을 들든, 깃발을 들든, 노래를 하든 다 같이 모여 춤추는 곳으로. 그러면 나도 앞치마를 풀고 같이 춤추는 거지."(170쪽)

무모했다. 아니, 이성적으로는 무모하다고 생각했지만 얼른 다가가 그녀가 저 절벽을 올라설 수 있게 발판이라도 되어주고 싶었다. 어디선가 몇 사람이 스티로폼 박스를 들고 왔다. 그리고 그 스티로폼 박스를 밟고 몇 사람이 컨테이너 박스 위로 올라섰다. 누군가 그녀의 손을 잡아주었고 그녀도 컨테이너 위로 올라섰다. 함성이 이어졌다. 컨테이너에 막혀 주저앉은 것이 아님을 보여주기 위해 일부가 컨테이너 위로 올라간 듯했다. 대형 플래카드가 펼쳐졌다. 올라간 사람들이 대형 태극기를 흔들었다. 나는 그녀가 흔드는 깃발을 바라보았다. 깃발을 흔들기에는 버거운 몸이었다. 깃발이 몸보다 컸다. 가슴이 아팠다. 그녀는 내내 간절한 무언가를 가슴에 품고 있었던 것인가. 그 간절함이 제 몸보다 커서 어떻게든 광장에 있기 위해 잔치국수라도 팔아보겠다고 말했던 것인가. 광장 어디에도 잔치국수를 파는 곳은 없었다. (173쪽)

그렇게 만난 몇 년 뒤 그녀의 부고 문자를 받는다.

　그녀의 부고는 뜻밖이었다. 사적인 단어 한마디 없는 간결한 부고 문자였다. 어디서 어떻게 무엇 때문에 죽음을 맞았는지 알 수 없었다. 부고 문자를 받고 가볍게 떨었다. 며칠 동안 자잘한 실수가 이어졌다. 치약 대신 클린징폼을 칫솔에 짜거나, 엘리베이터에 타서는 층수를 누르지 않은 채 서 있기도 하고, 문득 휴대전화 패턴을 잊어버려 열지 못하기도 했다. 아무렇지 않다고 생각했는데 많이 흔들렸다. 결국 나는 주체할 수 없을 만큼 취해 밤바다를 찾았다. 삼촌이 패트락을 버린 바다였고, 스물몇 살, 오월의 밤에 그

녀와 내가 다음 날 아침 찾아가기로 했던 바다이기도 했다. 나는
철썩이는 파도에 울음을 묻었다. 그러고는 기어코 휴대전화 주소
록에서 그녀 이름을 찾아내 눌렀다.(174쪽)

그녀의 부고는 삼촌을 찾아보려는 계기가 된다. 삼촌은 미국
의 가난한 동네인 플러싱에서 카지노의 버스꾼으로 살아가고
있었다. 하루하루 생계를 꾸려가는 삶이었다.

　한국으로 돌아가고 싶지 않나요?
　아니요. 나는 한국을 떠나온 지 아주 오래되었고, 다시는 그곳으
로 돌아가지 않을 거요. 평생 버스를 타고 카지노장이나 어슬렁거
리게 될지라도 한국에는 가지 않을 겁니다. 여기서는 누구도 나를
건드리지 않아요. 들러리, 엑스트라니 하는 말들에 신경 쓰지 않
아요. 나는 누가 나를 어떻게 보든 상관없어요. 다른 사람의 평가
는 중요하지 않아요. 나는 내 생을 삽니다.
　그는 돈을 잃은 것이 미안해서 그랬는지 꽤 긴 말을, 그러나 단
호하게 했다.(185쪽)

　내가 막 돌아서려는 순간이었다. 그가 몸을 흔들었다.
　한쪽 발로 담배를 비벼 끄듯 마구 비벼주고, 수건이 있다고 생
각하고 양쪽 끝을 붙잡아 엉덩이를 닦는 듯한 자세를 취해봐. 마구
비틀어주는 거지. 트위스트가 괜히 트위스트가 아니야. 마구 비벼

준다는 뜻이거든. 마구마구 말이야. 흥이 저절로 몸에 차오를 때까지 흔들어봐.

삼촌이 트위스트를 췄다. 음악도 없이, 무성영화나 흑백필름을 보는 것같이. 뒷모습이었고 엉덩이를 뒤로 쑥 빼고 있어서 오리 궁둥이처럼 보이는 엉덩이를 흔들며, 그 옛날 내게 트위스트 춤을 가르쳐주던 그 모습 그대로였다.(186쪽)

삼촌과 그녀와 '나'는 시대와 부딪치며 살아온 사람들이다. 삼촌의 돌은 바닷가의 수많은 돌 중 하나지만 이름이 명명되는 순간 살아 있는 돌이 된다. 우리가 지나왔던 시대는 수많은 돌이 이름을 얻으며 만들어진 역사다.

그 역사에는 리어카로 연단을 만들기 위해 몸에 철사를 둘렀던 내가, 2008년 광화문 촛불집회에 나갔다가 공연장을 방불케 하는 무대와 앰프 시설을 갖춘 연단을 보고 느꼈을 벅찬 '격세지감'과도 같은 진일보가 있었다. 샘터교회 김성복 목사는 5·3민주항쟁을 기록한 『다시 부르마 민주주의여』에서 다음과 같이 말했다.

역사의 진보는 어느 날 갑자기 이루어지는 게 아니다. 역사는 계속해서 진보해나가는 것이다. 착오를 일으키는 것을 두려워해서는 안 된다. 그 시대에 맡겨진 과제를 성실히 수행하는 적극적 자세가 필요하다. 인천 항쟁을 절대로 부정적으로 보지 않는다. 이론이 먼

저냐 실천이 문제냐, 인천 5·3항쟁은 이론 투쟁의 현장이었다. 이론 투쟁의 현장에서 87년의 민주화 투쟁을 이끌어내게 되었다. 그런 의미에서 거쳐야 될 과정이었다고 보는 거죠.

버스가

몸을 부리는 곳

정이수 단편소설 「2번 종점」

       종점이라는 말, 무겁다. '지읒'이 초성에 연달아 있어서 그 발음 자체로 무거운 느낌일까. 끝에 다다랐다는 느낌 때문일까. 무겁기만 한 게 아니라 어쩐지 쓸쓸한 기분까지 든다. 끝에 다다랐다는 것 때문에 무겁거나 쓸쓸하게 느낀다면 그건 내 경험치 때문일까.

  언젠가 어느 버스 종점에서 버스 여러 대가 공터에 화석처럼 자리하고 있다가 문이 열리고 시동이 걸리고 뒤꽁무니에 힘찬 연기를 내뿜으며 움직이는 걸 본 적이 있다. 그게 전부일까. 잘 모르겠다. 「2번 종점」*이라는 제목을 본 순간, 그게 전부는

———————

* 『2번 종점』(도화, 2016)에 실린 표제작을 대상 텍스트로 삼았다.

아니라는 생각이 든 것만은 분명했다.

효성동, 그것도 2번 종점 근처는 재개발로 들뜨는 곳이기도 하고, 고달픈 삶이 모여 있는 곳이기도 하다. 가구 공장 사장이었던 '나'는 부도를 맞게 되고, 결국 구청 소속 생활쓰레기 수거원이 된다. 그런데 하필이면 쓰레기를 수거하는 지역이 자신이 살고 있는 2번 종점이다. '나'는 괜히 아는 사람이라도 만나게 될까 봐 두렵다. 게다가 냉담한 아내에게는 아직 말도 못 꺼내고 있다. 그런 '나'가 자주 찾는 곳은 2번 종점 위 산동네다.

효성동은 예전부터 수원(水原)이 부족해서 농사짓기에 부적합한 토질이었다고 한다. 말(馬)에 먹일 풀밭(草田)이 있어서 새(草)벌(原)이라고 했던 것이 그 어휘가 변해서 '새별'이 되고 새별의 한자말이 효성(曉星)으로 되어 효성리(曉星里)라는 지명이 생겼다고 한다.(141쪽)

하루벌이 일용직 근로자부터 가내공업 사장들까지 사는 정도와 수준도 천차만별, 산동네는 그야말로 인간 군상들의 집합소였다. 하지만 그곳엔 또 그 나름대로 사람 사는 냄새가 났다.

세 들어 있던 가구 공장도 산동네 무허가 건물이었다. 공장을 접고서도 거의 매일 산동네를 찾았다. 그곳에 가면 굳이 나를 포장하지 않아도 되었다. 외상술을 마시면서도 자존심을 내세우지 않아도 됐고, 고개 숙인 남자의 말 못할 고민을 털어놓아도 크게 부끄럽지 않았다.

그런데도 나는 어쩐지 환경미화원이 되었다고 털어놓기가 쉽지 않다. 우리들이 쏟아낸 냄새나는 쓰레기 치우는 일이 이 사회의 시선으로 결코 좋아 보이는 직장이 아니기 때문이다. 미화원 고시라는 말이 생겼어도 마찬가지였다.

"너 아직 배가 덜 고팠구나. 여덟 명 모집에 이백 명 넘게 몰린 곳도 있대. 경쟁률 이십오 대 일. 더 놀랄 일은 그중에 전문대졸 이상 지원자가 반이 넘는다는 거야. 내 말이 안 믿어지면 지금 당장 인터넷에 들어가 검색해봐. 오죽하면 미화원 고시라는 말까지 생겨났겠어."

정길이 말대로 눈 질끈 감고 자존심만 내려놓으면 될 일이었다. 가구공장을 접은 후 백수로 지낸 지 벌써 일 년이 넘었다. 사실 내 처지에 이것저것 따질 형편은 아니었다.

정길의 말처럼 배가 덜 고픈 것은 아니었다. 그동안 이 사회 통념으로 몸에 밴 습관이 자신의 처지를 초라하게 만들 뿐이었다. 가만히 생각해보니 나는 한 번도 중심에 살아본 적이 없다는 생각도 든다.(130~131쪽)

그러니까 '나'의 삶은 철저하게 자본을 중심으로 결정된다. 돈이 있느냐 없느냐의 문제다. '나'의 성품이나 인격, 가치관, 삶의 태도는 아무런 영향을 미치지 못한다. 소설에는 자주 갑질이라는 말이 등장하는데 갑질의 주체는 역시 자본을 쥐고 있는 자다. 고만고만하게 어울려 살았던 사람들은 동네에 개발바람이 불면서 신분이 달라진다.

뒤통수에 달라붙는 시선이 느껴져 뒤돌아보니 커다란 누렁이 한 마리가 줄레줄레 내 뒤를 따라온다. 꼬락서니를 보니 유기견은 아닌 것 같다. 떠돌이 개나 길고양이들이 활보하기에 산동네만큼 좋은 곳도 없지 싶다. 한아름마트를 지나 조금 더 올라가니 고물상 뒤쪽으로 전에 못 보던 컨테이너박스가 하나 놓여 있다. 며칠 뜸한 사이 그새 또 동네가 달라졌다.

하긴 새삼 놀랄 일도 아니다. 효성동 삼거리 근처에 지하철역이 생기고 산동네에 전문대학교가 들어선다는 소문이 돌면서 생긴 기현상이다. 보상금을 노린 사람들이 무허가 가건물을 지어 세를 놓거나 임시로 살고 있는 것이다. 효성동 토박이와 그 일가붙이들이 대부분이었는데 텃세가 만만치 않다. 대를 이어 농사를 짓다가 개발이 되면서 갑자기 땅값이 치솟는 바람에 초단시간에 벼락부자가 된 졸부들이다.(131쪽)

내 집 장만은 집 없는 설움을 경험한 서민들의 로망이다. 광고를 본 사람들이 내 집 마련의 꿈을 안고 꾸역꾸역 변두리 효성동으로 밀려들었다. 공기 좋고, 학교 가깝고, 물가 싸고 서민들이 살기에 그만한 동네도 없었다. 하지만 내 집 마련의 꿈은 꿈으로 끝이 났다. 출퇴근에 지친 직장인들이 하나둘 떠나기 시작했다. 이사철과 관계없이 들고나는 집이 많은 것도 그 때문인 것 같다.(143~144쪽)

개발 지역이 그렇듯이 하루아침에 벼락부자가 된 졸부가 있는가 하면, 내 집 장만의 꿈을 안고 변두리인 2번 종점으로 왔으나 꿈이 꿈으로 끝날 수밖에 없는 다수의 서민이 있다. 효성동 2번 버스 종점은 원도심이면서 개발이 시작되는 다른 곳과 마찬가지의 모습을 보인다.

그새 버스 한 대가 또 들어오고 나간다. 2번 종점, 목적지를 향해 가다가 잠시 들른 간이역 같은 곳, 운행 중인 버스가 잠시 쉬었다가 5분 간격으로 돌아 나가는 곳, 그럼에도 뭔가 정체된 느낌이 드는 곳이 2번 종점이다.(143쪽)

'나'가 이런 생각이 들 수밖에 없는 것은 어쩌면 당연하다. 그래도 '나'에게는 마음을 나누는 친구가 있다. 누군가 술자리에서 "꿈을 안고 왔단다. 내가 왔단다. 슬픔도 괴로움도 모두 모두 비켜라" 하고 「해 뜰 날」 노래를 부르면 누군가 뒤를 받쳐 "안 되는 일 없단다. 노력하면은. 쨍하고 해 뜰 날 돌아온단다" 하고 부를 수 있는 친구들. 그러나 그들이 부르는 「해 뜰 날」이 신나지만 않는 이유를 우리는 잘 알고 있다.

「2번 종점」은 개발로 인해 동네 사람들 간의 사이가 갈리고,

삶이 갈리고 한숨과 눈물과 노래가 흘러나오는 곳에 사는 이들의 모습을 가감 없이 보여주고 있다. 그 가감 없음이 좀 섭섭하기도 하다. 주인공인 '나'가 환경미화원이 되었다는 말을 할 때 그 일을 계속하기만 하면 친정으로 들어가버리겠다고 하는 아내가 그렇다. 작가는 끝내 그 아내와 '나'의 화해나 그 비슷한 상황을 보여주지 않는다. 삶은 이렇게 가차 없다. 그러니 아무리 쨍하고 해 뜰 날 돌아온다고 외쳐본들 무슨 소용이 있으랴.

소설 「2번 종점」을 읽는 맛이 쏠쏠하다. 삶이 묻어나는 문장이 차지기 그지없다.

버스 종점 중에서도 2번 버스 종점. 번호판이 한 자릿수인 버스들이 있다. 내가 어릴 때는 4번 버스와 5번 버스를 자주 이용했다. 한 자릿수 번호판은 인천의 원도심을 주로 운행한다. 도시가 정비되고 새로운 길이 나고 아파트들이 들어선 곳에는 새로운 노선이 만들어지고 버스도 새로운 번호판을 단다. 그러니 작가가 이런 이야기를 풀기에는 다른 버스 종점도 아닌 2번 버스 종점이어야만 했을 것이다.

종점은 끝에 다다라 다 부려놓고 빈 몸이 되어 쉬는 곳이다. 그러나 다시 그 빈 몸을 채우려 일어서는 곳이기도 하다. 고단한 삶들이 몸을 누이고 부비며 사는 곳. 그런 곳에는 내리는 눈도, 피우는 꽃도 좀 달랐으면 좋겠다.

2번 버스 종점. 버스가 몸을 부린 효성동 동화운수 차고지.
그 일대에 빌라와 아파트가 들어섰다.

내 기타는

죄가
없어요

이상실 단편소설 「콜트스트링의 겨울」

이상실의 「콜트스트링의 겨울」*은 부평 갈산 동에 있던 기타 제조 회사 콜트악기의 노동 투쟁을 다룬 소설 이다.

콜트악기 노동자들은 저임금과 열악한 작업환경을 개선 하고, 여성 노동자들에게 행해진 폭언과 폭행을 막아내고자 2006년 노동조합을 만들었다. 극심한 노동 착취에 시달리던 노동자들이 사람답게 살기 위해 자발적으로 일어선 것이다. 사 측은 2007년 4월 인천 콜트악기 노동자 56명을 정리해고 하

---

* 『콜트스트링의 겨울』(바람꽃, 2019)에 실린 표제작을 대상 텍스트로 삼았다.

고, 7월에는 계룡시의 콜텍악기를 위장폐업 하면서 남아 있던 노동자 67명 전원을 정리해고 했다. 노동자들은 공장에서 쫓겨났고, 광화문광장에 텐트를 쳤다. 회사는 공장을 해외로 이전해버렸다. 법원의 복직 판결도 받아들이지 않았다. 기타로 이름을 날리던 콜트악기의 명성도 죽었다. 「콜트스트링의 겨울」은 콜트콜텍 노동자들의 부당해고, 농성과 해산 과정을 '신발'을 상징으로 해서 소설화해내고 있다.

열악한 노동 환경 속에서도 최고의 기타를 만든다는 자부심을 가졌던 노동자들이 있다.

그들은 추위에 떠밀려 공장 안으로 들어갔다. '콜트스트링 노동자 밴드'가 노동가요를 부르며 '투쟁!'을 연호했다. 승우가 윤지에게 물었다.

"저 밴드의 기타도 여기서?"

"저것도 여기서 만든 거고 다 내 손을 거쳐 간 제품이야."

승우가 자신의 기타를 만지작거렸다.

"내 것도?"

"그것도."(47~48쪽)

그러나 그 자부심은 노동자의 권리를 찾기 위해 일어선 순간 무너진다. 경찰기동대와 용역들은 불법으로 공장을 점유했다며 농성하는 노동자들을 무자비하게 끌어낸다.

'단결로 연대로, 부당해고 복직투쟁!'

'단결로 연대로, 부당해고 복직투쟁!'

해고자 대표인 노조위원장이 구호를 선창했고 농성자들이 따라 했다. 그들은 바닥에 누워서 스크럼을 짰다. 주먹을 쥐고 천장을 향해 팔을 쳐들었다. 그러나 용역들의 완력에 힘을 잃었고 스크럼은 실타래처럼 풀리고 말았다. 저항은 몸부림에 지나지 않았다. 모두 아래층으로 끌려 나갔고 경찰기동대 차량에 태워졌다.(51쪽)

그렇게 연행되었던 윤지가 사라진다. 승우의 집에 무언가를 놓고 간다는 말을 남긴 채.

승우는 윤지의 동선을 좇아 그녀가 두고 간 물건이 무엇인지 찾다가 신발장에서 자신의 것이 아닌 신발을 본다. 그것은 윤지가 새 신발을 사기 전에 신던 신발이었다.

나는 내가 신고 있는 이 신을 '콜트로바'라고 이름 지었는데 이젠 이걸 벗어버리려고 새 신을 샀어. 새 신을. 새 신발 이름은 '달로바'로 지을 거야. 콜트스트링을 벗어나서 달나라로 가는 신발이라는 의미지. 자유의 세계로 가는 달로바. 멋지지 않아? 한번 만져봐. 신발 코에 달 모양도 있어. 어때 달이 잡히지? 승우는 새로 산 신발 이름을 뭘로 지을 거야?

승우는 새로 산 신발 이름을 이 세상을 함께 걷자는 의미로 '함께걸음'이라고 금세 지었다.(56~57쪽)

'콜트로바'라는 이름에서 알 수 있듯이 그 신발은 콜트악기 투쟁을 해나가는 동안 신었던 신발이었다. 윤지는 이 신발을 승우 집에 놓고 새로 산 신발 '달로바'를 신고 간 것이다. 기나긴 투쟁에 지친 윤지가 이 싸움의 장에서 떠난 것이다. 그런데 몇 년째 투쟁을 하고, 사람들이 죽어나가도 그 싸움을 아는 이가 드물다.

사람들이 죽었어. 몇이나 될까. 많았지. 맨 먼저 죽은 사람은 남자였어. 강 씨가 콜트스트링에서 부당해고를 당하고 나서 시간제로 택배 일을 하다가 비관 자살을 한 거야. 다음으로 해고 무효 투쟁을 하다가 옥상에서 투신한 최 씨가 죽더니, 문 씨 성을 가진 여잔데 우리 회사에서 해고된 뒤로 우울증에 시달리다가 죽었고, 그렇게 여자 남자가 죽고 또 죽어갔어. 얼마 전에 뉴스 봤잖아? 노숙자 황 아무개가 서울역에서 죽었다고. 다음은 내가 죽을 차례라고 생각했는데, 난 그러지 못했어.(53쪽)

비록 나는 내 남편의 아내고 딸하고 아들을 둔 엄마일지라도, 학창 시절에는 내가 다녔던 학교의 일원이었을지라도, 해고 노동자 중의 한 명일지라도, 오천만 국민의 한 사람일지라도 내가 죽는다고 해서 오천만이 사천구백구십구만 구천구백구십구 명으로 수정됐다가 또 어느 산모의 배 속에 있던 아이가 내 죽음을 대신해서 태어날지라도 오천만으로 환원되지 않아. 빼기도 더하기도 없는

여전한 오천만이지. 그래서 나 하나를 떼놓고 보면 존재가치가 없는 거야.(55쪽)

연예인이나 정치인의 움직임은 실시간으로 보도되지만 11년간 최장기 싸움을 이어가고 있는 노동자들의 목숨을 건 투쟁을 주목하는 이는 거의 없다. 공장에서 쫓겨나 광장에 텐트를 칠 수밖에 없는 그들의 싸움에 귀 기울이는 이는 드물다.

콜트스트링 업주가 몇십 년간 몇백억씩 흑자 보다가 한 이삼 년 적자 났다고 정리해고를 감행한 거야. 법원에서도 정리해고가 부당하다며 복직 판결이 났는데, 결국 필리핀으로 공장을 옮겨버리고 갈산동에 있는 콜트스트링은 문을 닫아버렸잖아.
국가와 사용자는 주체고 우리는 객체야.(56쪽)

승우는 광화문 집회 현장에서 윤지를 찾는다. '콜트로바' 신발을 들고. 윤지가 '달로바'를 신고 사라졌지만 다시 올 것이라는 것을 믿기 때문이다. 승우의 짐작대로 윤지는 집회 해산 과정에서 부딪혀 넘어진 승우 앞에 나타난다. 그리고 낡고 헌, 옆구리에 기타 주름 같은 게 잡힌 헌 신발 '콜트로바'로 갈아신는다.
소설은 승우의 시점으로 서술되고 있어 윤지의 갈등이 잘 드러나지 않는다. 윤지는 다만 '콜트로바'를 벗고 '달로바'로 갈

콜트악기, 콜트콜텍 노동자의 끝나지 않은 싸움.

아 신었을 뿐이다. 그리고 결국 돌아온다. 윤지가 떠날 수밖에 없었던 마음도, 끝내 그 거리, 광장으로 돌아올 수밖에 없었던 마음도 결국 독자의 몫이 된다. 이러한 서술 방식은 독자에게 손쉬운 감정 이입을 허락하지 않고, 시종 냉정한 독서를 유도한다. 마치 아무것도 모르면서 우리의 싸움에 대해 함부로 말하지 말라는 듯하다.

윤지는 손에 든 목련 잎을 승우의 손에 얹었다.
"만져봐."
승우는 잎사귀를 문질렀다. 서걱대는 소리가 났다.
"우리가 지금 자연을 탐닉하는 건 사치 아닐까?"
승우가 말하자 윤지는 '우리가 이 땅을 밟고 있는 것도 사치'라며 몇 술 더 떴다.(44쪽)

노동자가 인간적인 대접을 받고, 노동에 대한 정당한 대가를 받는 것은 '사치'가 아니라 삶이 되어야 한다. 10년 넘게 싸우고 있는 콜트콜텍 노동자들의 고난이 끝나도록 우리는 힘을 모아주어야 한다. 이상실의 「콜트스트링의 겨울」은 그래서 더욱 고맙다.

송림동엔

소나무가
없다

조혁신 단편소설 「부처산 똥8번지」

조혁신의 「부처산 똥8번지」[*]를 읽으며 이번 주 연재 제목을 생각했다. '송림동엔 소나무가 없다', '송림동엔 소나무가 있다'. '없다'와 '있다'. 별 특별한 제목은 아니지만 제목 마지막을 무엇으로 할까 조금 망설였다. '없다'가 현실이라면, '있다'는 희망 같은 것일 수 있겠다. 결국에는 '없다'로 쓴다.

인천에 오래 산 사람들은 송림동이 어떤 동네인지 잘 안다. 특히 송림동 산8번지에는 6·25 때 황해도에서 피란 온 사람들

---

[*] 『뒤집기 한 판』(작가들, 2007)에 실린 「부처산 똥8번지」를 대상 텍스트로 삼았다.

이 언덕 중턱에서부터 꼭대기까지 가건물의 집을 짓고 살기 시작했다. 전쟁이 끝나면 북으로 돌아갈 생각이었기에 집은 몸만 누일 수 있는 공간이면 되었다. 6, 70년대에는 인근에 공장 일 자리가 많은 이곳으로 지방에서 사람들이 몰려들기 시작했다. 송림동의 형성사라 할 수 있다.

"네 아버지가 처음 부처산에 들어왔을 땐데 사실 이곳은 딱히 땅임자가 없었거든. 솥단지 걸고 흙바닥에 이부자리 먼저 깐 놈이 임자였지. 근데 그래도 먼저 자릴 틀고 앉은 사람들에게 텃세란 게 있었어. (……)"(12쪽)

"(……) 똥8번지 인간들이 가방 줄이 기냐 아니면 푼돈이라도 밑천이라고 가진 게 있냐. 그저 가죽만 남은 제 몸뚱이 하나에 주렁주렁 뒤웅박 매달듯 애새끼만 내질렀지. 변변한 벌이도 없는 집 구석들만 다닥다닥 처마를 맞대서 집집마다 서로 쌀 꾸러 가기도 어려웠어. 애새끼들은 제비 새끼처럼 주둥이를 짝짝 벌리고 먹이 달라고 목소리를 쥐어짜지 사내들이라곤 대낮부터 막걸리나 깡소주에 취해 빈둥거리지. 그런 인간들이 동인천이나 송림시장 모퉁이에 나가 노점이라도 할라치면 건달들이 엉겨 붙었지. (……)"
(13~14쪽)

똥8번지. 산 아랫동네는 모든 생활공간이 공동이었다. 식수와 분뇨 처리가 가장 큰 문제였다. 물이야 집집마다 길어다 먹었다지만 분뇨는 소위 똥지게로 져 날라야 했는데, 제때 처리를 해주지 않는 날이 많아 변소가 차고 넘쳐 똥 냄새가 온 동네에 진동했다고 한다. 그래서 똥8번지라는 이름이 생겨난 것이다. 똥8번지뿐만 아니라 '똥고개', '똥마당', '똥바다'도 있었다. 먹어야 사는 인간에게 똥은 필수일 수밖에 없었다.

소설로 들어가보자. 이 부처산 아래에 사는 어린 '나'는 동네 이름이 어디서 유래했는지 알아오고 그와 관련된 흔적이나 증거를 찾아오라는 학교 숙제가 난감하다.

송림동 산8번지. 동네 어른들은 이곳을 부처산 8번지라 부른다. 푸지게 살찐 부처가 낮잠을 자듯 드러누운 산동네라 부처산이라 일컫는다. 어머니 배 속에서 세상 밖으로 머리를 내밀었을 때부터 공부와 출세와는 만리장성을 쌓은 동네 형들은 제 입맛대로 아망스런 허풍을 떨며 '똥번지' 또는 '똥8번지'라 부른다.

어쨌든 동네 이름이야 그럴듯하게 송림이지만 이 동네엔 소나무는커녕 썩어빠진 쇠말뚝 하나도 찾아볼 수 없다.(8쪽)

비록 가난뱅이들이 모여 사는 똥8번지 동네지만 그럴듯한 전설이 있었으면 하는 바람이 들었다. 예컨대 요즘 들어서는 아파트 단지처럼 과거 농장이 있던 자리라 '포도마을', 기름진 논이 있던 자

송림동 똥8번지는 아니지만 멀지 않은 곳에 있던 송림동 똥고개길.
지금 그 길의 이름은 황금고개길이다.

리라 '당곡마을', '라일락마을', '신비마을'이라고 하는 것처럼 말이다.(15쪽)

　멀리 금곡동과 송현동 언덕 중턱은 민둥산이 되어 정상 부근에만 게딱지 같은 집들이 다닥다닥 붙어 있다. 황혼에 붉게 젖은 언덕 위 허물어진 집들과 삽날을 땅에 처박고 있는 외팔이 포클레인의 황량한 모습이 눈에 들어왔다. 어른들은 그곳에 아파트가 들어설 것이라고 말했다.(21쪽)

　송림동. 그러니 솔숲마을이라는 그럴듯한 이름을 갖고 싶지만 사람들은 모두 똥8번지라고 불렀다. '나'는 찾고 싶었다. 울창한 소나무 군락은 아니더라도 소나무가 있어 이 동네가 송림동이 되었음을 확인하고 싶었다. 그러니까 이 소설은 송림동에 사는 '나'가 송림동을 증거할 소나무를 찾는 프로젝트이기도 하다. 그러나 민둥산에 가깝고, 그 산에는 온통 따개비가 붙은 것처럼 누더기 집들뿐이니 어쩌랴.

　결국 '나'와 친구, 동네의 태호 아저씨는 언덕 위의 하얀 집 정원에 있는 소나무를 파서 개구멍으로 빠져나오고, 축대 위 비탈면에 소나무를 옮겨 심는다. 나무의 고향이 원래 산동네였다는 변명 아닌 변명을 하면서.

　고달픈 삶은 비단 송림동뿐만이 아니었다. 지금은 당시의 생활 모습이 '수도국산 달동네 박물관'에 박제되어 있지만 많은 사람들이 그 길을 지나왔고, 어디선가 아직도 그 길을 배회하는 사람들이 있다.

멀리 반대편 언덕 정상에서 불길이 치솟았다. 바람을 타고 매캐한 냄새가 밀려들었다. 우리는 그 불길이 무엇을 뜻하는지 잘 안다. 불길이 치솟은 다음 날이면 어김없이 언덕의 집들은 허물어져 사라지곤 했으니까.(47쪽)

삶이 척박하다 보니 교육이니, 문화니 하는 말들은 다 배부른 소리였다. 그러나 그런 고달픈 삶 속에도 인정이 있고 사랑이 있었다. 소설은 송림동 똥8번지가 아니라 '솔숲마을'이라는 그럴듯한 이름을 가지고 싶었던 아이가 동네에서 사람들과 부딪치면서 겪는 여러 일화들을 이야기하고 있는데, 그들의 핍진한 삶이 소설에 그대로 녹아 있다.

대낮에 보면 그렇게 지저분하고 우스워 보이던 산동네의 슬레이트 지붕들이 놀이 지는 저녁에는 동화 속 나라처럼 아름답게 보였다. 황혼은 천대받고 가난살이에 찌든 부처산 사람들의 치부를 낱낱이 숨겨주었다. 붉은 일몰은 깨진 장독과 냄새나는 변소간, 마구 자란 잡목 같은 텔레비전 안테나, 빨랫줄에 엉성하게 걸린 누더기들을 수채화 속 풍경으로 채색하는 것이었다.(29쪽)

노을이 잠시 산동네의 슬레이트 지붕을 가려주고 동화 속 아름다운 나라를 선사한다. 그처럼 아름다운 동네를 꿈꾸는 아이에게는 '송림동에는 소나무가 있다'가 될 수 있을까. 노을이 만든 허상임을 알기에, 삶이 그리 녹록하지 않음을 알기에 주저할 수밖에 없다. 소설 속 아이는 커서 지금은 무얼 하고 있을까. 훔친 소나무가 축대 옆에서 비스듬하게라도 자리를 잡았으면 좋으련만.

보리 숭어처럼 펄떡이는

건평리
포구 사람들

이목연 단편소설 「보리 숭어」

　　　이번 소설은 강화 건평리 선착장과 근처 포구
가 주 무대다. 소설가 이목연은 강화에 10여 년 살았고, 강화
가 배경으로 등장하는 작품이 여러 편 있는 것으로 안다. "이
시껴?" 하는 식의 강화 사투리가 있다는 것도 그의 소설을 통
해 알았다.

　소설은 읽은 지 꽤 되었는데도 포구 사람들의 리얼한 삶이
잘 드러나 있고, 무엇보다 인물들을 향한 작가의 따뜻한 시선
이 느껴져 기억에 많이 남아 있다. 포구를 무대로 한 작품으로
이원규의 「포구의 황혼」을 앞서 다뤘다. 그러나 엄밀히 말하면
「포구의 황혼」의 주 무대는 바다라고 해야 할 것이다. 북에 두

고 온 가족을 그리는 아버지와 그 아버지를 원망하며 살았던 '나'가 극적인 화해를 하는 곳이 바다 한가운데였으니 말이다.

「포구의 황혼」이나 이목연의 「보리 숭어」* 두 작품 모두 리얼리티가 강한 소설인데, 포구 사람들의 삶이 때론 거친 바다와 같고, 그 바다와 싸워 견디는 건강한 삶과 닮아 있어서 그런 것이 아닐까 추측해본다.

「보리 숭어」는 소설 전체가 강화 건평리 어장과 근처 포구를 무대로 한다.

　나는 재빠르게 함지박을 주욱 늘어놓고 바구니 속에 든 고기들을 선별한다. 우선 힘 좋고 적응력 좋은 숭어를 수족관에 쏟아붓는다. 입을 뻐끔거리고 누웠던 녀석들은 물속으로 들어가자마자 힘차게 자맥질을 한다. 지난 주말 장사가 잘돼서 거의 비었던 수족관에 생기가 돈다. 광어와 도다리를 뜰채에 담아 넣어주자 수족관이 그득하다. 허리를 한 번 펴는 시점이다.

　수족관에 들어가기엔 너무 커다란 광어 다섯 마리는 함지박 차지다. 5킬로는 족히 넘을 이 녀석들 때문이었을 것이다. 전화를 건 남편의 목소리가 갓 잡은 고기처럼 펄떡거렸다.

　"시방 바로 건평으로 와. 고기 넘겨주고 물 따라 다시 나갈라니까 빨리."

_____

* 『맨발』(북노트, 2014)에 실린 「보리 숭어」를 대상 텍스트로 삼았다.

고기가 많이 들었구나 생각했다. 배에서 자나 뭍에서 자나 차이를 느끼지 못한다는 남편이었다. 서로 다른 잠자리에서 깨어났건만, 아침은 먹었는지 잠은 잘 잤는지 안부 하나 없이 본론으로 들어간다. 그래도 별로 서운하지 않은 걸 보면 이젠 정말 한 몸이 된 건가 싶기도 했다. 건평에 도착해보니 쏘내기를 타고 온 남편이 물건을 내리고 있었다.

"물 바뀔 때가 되어 그런가, 광어랑 도다리가 많이 들었어. 싱싱할 때 가져가라고……"

고기가 많이 든 날이면 남편의 검은 얼굴조차 환해 보인다. 이번 사리는 물살이 셀 것 같아 다음 물엔 그물을 걷어야겠다고 했다. (34~35쪽)

배가 들어오고 횟감을 받는 광경이 활기차다. "전쟁이 일어났다고 해도 이 순간 내 마음은 바구니 속 고기에 가 있을 것이다"라고 말하는 상인의 진심이 읽혀 좋다. 삶이 그대로 광어나 도다리처럼 싱싱하게 펄떡인다.

제일 큰 광어 한 마리가 사각 함지박 하나를 채우며 들어앉는다. 조금 작은 것들은 큰 함지박에 함께 넣고 물을 채운다. 킬로그램당 3만 원이니 오늘은 광어와 도다리만으로도 돈이 될 성싶다. 물이 차오르자 바다에라도 다시 돌아온 듯 큰 함지박 속 광어 한 놈이 배를 쓱 밀며 유영을 한다. 날아오르는 듯한 몸짓 한 번에 함지

박 턱을 훌쩍 넘는다. 시장 통로 한가운데서 퍼덕거리는 광어를 보고 동진호의 기옥이 한마디 했다.

"우리 것도 크다 했는데, 형님네 건 더 크네에!"

동진호도 고기가 많이 든 모양이다. 뒷말을 길게 뽑는 기옥의 목소리가 찰지다. 좋은 물건 많으면 절로 힘이 나는 것 또한 장사치의 생리. 퍼덕거리는 광어가 꼭 어린아이를 안은 것처럼 묵직했다. (36쪽)

"좋은 물건 많으면 절로 힘이 나는 것 또한 장사치의 생리"라는 말이 정말 생생하다. 읽는 독자도 차진 기옥의 목소리처럼 신이 난다. 함지박 안을 차고 나올 듯 펄떡이는 광어를 눈앞에서 보는 듯하다.

농사도 그렇지만 바다도 너무 가물면 재미가 없다. (……) 늦여름 비로 육지에선 물난리를 겪었지만 여기 사람들은 그 비로 톡톡히 재미를 보았다. 민물이 다량으로 흘러드는 바람에 바닷물 농도가 낮아져 새우들이 맘껏 살을 찌운 것이다. 통통해진 새우들은 그물질 몇 번이면 금방 한 배에 가득 차곤 했다. 살 오른 새우는 짠맛이 적고 육질이 좋아 사람들이 선호했다. 유월에 담근 육젓만큼 새우젓 상태도 좋았다.

새우잡이는 생각만으로도 신바람이 난다. 추석 지나 슬슬 그물에 들기 시작하는 새우는 김장철 전후로 바닷속을 완전 장악한 듯 보인다. 일 년간 이 어시장에서 파는 새우젓이 어림잡아 한 가게당 200드럼. 가게마다 200드럼을 우선 창고에 쟁여놓고 나머지는 수협 공판장에 공매로 내놓는다. 여자가 배에 오르면 재수가 없다는 남편이지만 가을 새우철이면 어쩔 수 없다. 배 위에서 남자들끼리 해 먹던 밥시간이라도 줄여야 할 것 같아 올케까지 동원해서 저녁 장사가 끝나면 건평 포구로 트럭을 몰았고, 쏘내기에 실려 배로 내달렸다.

바다 전체가 새우로 가득 찬 것 같았다. 네 시간 만에 건져야 할 그물을 두 시간 만에 세 시간 만에 건져 올리느라 남편은 모니터에서 눈을 떼지 못했다. 그물을 들어 올려 새우를 털어놓으면 갑판 위에서는 젓을 버무려 통에 담았다. 우리 배에서만 벌써 오 년째 일하고 있는 김 씨의 손놀림은 달인 열전에 나가도 될 만큼 빨랐다. 드럼통에 사료 부대를 깔고 그 위에 대형 비닐봉지를 넣는 일은 나처럼 키가 작은 여자들에게는 무리였다. 사료 부대를 깔지 않으면 젓이 금방 물렀다. 상품의 질은 곧 돈. 손이 더 가더라도 품질을 높이는 게 관건이다. 겨우 사료 부대 몇 장 깔고 비닐 한 장을 깔았을 뿐인데 온몸이 땀범벅이 되어버렸다.(45~46쪽)

바다 위의 노동은 고되다. 고된 만큼 기쁨도 크다. 한철 몰리는 새우를 놓칠 수 없다. 잡는 족족 돈이 되니 어떻게 그냥 보고만 있겠는가. 새우를 절이는 과정까지 소설 속에 자세하게 드러나 있다. 이렇게 포구는 때에 따라 새우를, 광어나 우럭을, 꽃게를 잡아 올리는 것이다.

　소설에는 포구를 중심으로 크게 세 인물이 등장한다. '나'와 기옥이네, 그리고 광명호 형님. 이 세 인물 모두 사연이 있다. 배를 부리고, 포구에서 횟감을 파니 돈은 적지 않게 만지는데 그렇다고 삶도 순탄한 건 아니다. '나'는 공장 프레스에 손가락 네 마디를 잘리고 받은 보상금으로 이 포구에서 배를 부리고 장사를 하게 되었고, 기옥이네는 어이없이 남편을 잃은 뒤 시동생이 배를 몰고 물건을 대주어 장사를 하고 있다. 광명호네는 아들이 집을 나가 심란한 상태다.

　장사를 하다 보면 좋은 물건에 욕심이 가는 건 당연한 이치다. 그런데 옆집만 장사가 잘되면 마음이 썩 편할 리 없는 것도 당연한 이치다.

　　샘 중에서도 장사 샘이 최고라고 했다. 제일 친하게 지내는 기옥이네건만 그 집에 고기가 많이 들고 우리가 적으면 내심, 심사가 꼬이는 게 사실이다. 그 집 가게는 팔 물건이 잔뜩 쌓여 있고 우리 가게는 파장같이 쓸쓸하면 자연 맥이 풀린다. 그럴 땐 몰래 남의 물건이라도 받아서 팔고 싶어진다. 하지만 규칙 위반이다. 이 시장에선 자기 배에서 잡아온 생선만 자기 가게에서 팔기로 되어 있다. (44쪽)

　때마침 기옥이네 시동생이 가져다준 보리 숭어가 있었고, 광명호 형님은 은근 보리 숭어를 탐내면서 사달이 벌어진다. 게다가 기옥이네는 단골이 나타나면서 보리 숭어며 꽃게, 도다리, 광어까지 싹쓸이로 가져간다. 거기다 '나'의 가게 역시 매상이 좋았다. 문제는 광명호 형님네였다. 물건도 없었고, 장사도 안 된 것이다. 점심을 먹으며 술 한잔 시작한 게 화근이었다. 술 취한 광명호 형님이 기옥이네에게 시비를 건 것이다.

　　광명호 형님은 작정이라도 한 듯 기옥의 상처를 헤집었다. 평소 말이 없는 것과는 달리 술을 마시면 그렇게 꼬부장했던 마음을 드러내는 형님이라 시장 사람들은 술 취한 형님 곁을 피했다.

　　"아따, 남편 잡아묵은 주제에 어른한테 말대꾸하는 저 상판 좀 보소. 조 앙다문 입으로 남편을 얼매나 다그쳤을까이. 에구, 죽은 놈만 불쌍하지. 지 여편네는 살아서 어느 놈하고 붙어먹는지도 모르고……"

　　기옥이 파르르 떨며 눈에서 불을 내쏘았다.

　　"내가 어느 놈하고 붙어먹는지 봤소? 허깨비 같은 영감하고 살더니 맨날 붙어먹는 얘기만 해쌌네. 내가 누구하고 붙어먹었는데? 남세스럽게 다 늙은 여자가 하는 말이라고는……"

　　삿대질을 하며 덤비는 기옥을 가로막았다. 밖에서는 형님을 뜯어말렸다. 하지만 말리면 더 타오르는 것이 싸움이다. 형님은 끌고 가려는 사람들을 밀치더니 히죽 웃음까지 흘리며 기옥의 심사를 부추겼다.

"오메, 저런 저 잡년 봐라이. 똥 뀐 놈이 성낸다고. 아따, 그럼 객지에서 그리 떠돌던 시동생이 과부 형수 뭐시 좋다고 밤새 고기 잡다 날라쌌겠냐? 늙은 시어메 잠든 사이 뭔 지랄을 하는지 누가 알아? 봤지? 다들 봤지? 형수 바라보는 고 시동생 눈빛 말여. 참말 묘하대. 아침마다 고기 들어다 주는 선주 있냐고……"

장단까지 맞춰가며 사람들을 선동하는 형님을 보며 기옥이도 지지 않고 입술을 일그러뜨렸다.

"저런 심보를 갖고 있으니 어느 자식이 집구석에 붙어 있겠노? 아무리 억만금을 벌면 뭐 해. 살아 있는 가족 건사도 몬하는데. 내 그짝 막내아들이 왜 행방불명이 됐는지 알겠구마는. 안 봐도 비디오네."

"저년이 말이면 다 하는 줄 아나? 네가 뭔데 내 금쪽같은 아들을 들먹여 이년아?"

광명호 형님이 달려들어 기옥의 머리채를 잡으려 했다.

"금쪽같은 아들 좋아하네. 나이가 무슨 벼슬이야? 왜 말끝마다 욕질이야? 누군 욕을 할 줄 몰라서 안 하는 줄 알아?"

기옥도 한마디도 지지 않고 대꾸했다.(52~53쪽)

서로 좋았던 사이라 남모르는 속내를 가장 잘 알고 있는 두 사람이다. 가장 아픈 곳이 어딘지 안다. 친했던 만큼 가장 아픈 곳에 비수를 꽂아 헤집는다. 거친 싸움은 광명호 아저씨가 나타나면서 끝이 난다.

"이, 그놈 없어진께 정신도 사납고…… 여기저기 수소문하니라…… 오늘 온다는 연락 받고 그물을 내렸구만. 여섯 매 사는 물때라 그란가. 보리 숭어가 들었더라니께."

광명호 아저씨가 사람 좋게 웃었다. 역시 어부는 고기가 들어야 마음이 후해진다. 형님을 집에 데려다주고 이제야 수족관에 넣으려고 차에서 내린 것이라 했다. 바구니 속에서 숭어가 퍼덕거렸다.

"진작 가져오셨으면 오늘 이런 일은 없었을 텐데."

내가 또 중얼거리자 아저씨가 대답한다.

"미안하게 됐구만. 물살 바뀌면 그물 내려놓고 올라고 그랬제. 그새를 못 참고는 여편네가…… 이제 문 닫고 들어갈 것이지라? 이거 몇 마리 떠 갖고 가서 시엄니랑 드시게라. 여게 숭어보단 맛이 있응게."

광명호 아저씨가 내 몫까지 여섯 마리를 내려놓았다.(57쪽)

어부는 고기가 들어야 마음이 후해진다. 압권이다. 기욱이네와 광명호는 내일 서로 계면쩍게 화해를 할 것이고, 같이 점심을 먹을 것이다. 삶은 그렇게 흐르게 돼 있으니까. '나' 역시 매운탕 거리를 준비해서 동생네를 찾아갈 준비를 한다.

건평 포구에 나와 서 있는 남편 곁에 노란 바구니가 놓여 있었다.

"내가 다 쌌는데 뭘 또 갖고 왔시꺄?"

차 뒤에 실은 스티로폼 박스가 민망해 공연히 눈까지 샐쭉거렸다.

"마침 그물에 참숭어가 들었드만. 이 바다에선 잘 안 나는 것인디 말시. 요놈 먹고 나도 오늘 힘 좀 써볼까 허고……"

남편은 바구니를 들여다보며 들떠 있는 마음을 내보인다. 그 귀하다는 보리 숭어가 아침과는 달리 지천이다. 느물스럽게 웃는 남편에게 자극을 받은 걸까. 비를 맞은 숭어들이 바구니를 훌쩍훌쩍 뛰어넘는다. 알을 낳을 곳을 찾아 본능적으로 바다를 향하는 숭어를 쫓는 남편의 모습이 아직은 날쌔다.

눈 끝을 잔자름하게 좁혀 먼 바다를 넘어다본다. 하늘과 맞붙은 회색 공간, 바다 위에도 여섯 매 물살만큼이나 실한 비가 가득하다. 라디오에서는 이 비가 모레까지 이어질 거라고 한다. 이번 비는 단비를 넘어 약비라고들 했다.(59쪽)

이번 소설은 인용이 많았다. 어쩔 수 없었다. 포구 사람들의 삶을 그대로 전달하고 싶은 욕심이 컸기 때문이다. 할 수만 있다면 소설 전편을 소개하고 싶기도 하다. 그만큼 배를 모는 사람들, 포구에서 횟감을 파는 사람들의 삶이 잘 드러나 있다.

약비가 내려 온갖 생물을 살찌우듯, 포구 사람들의 구체적이고 건강하고 활기 넘치는 삶은 소설을 풍성하게 한다. 강화 건평리 쪽이 아니더라도 포구에서 장사를 하는 사람들을 보게 되면 이 소설 한 자락을 떠올릴 수 있을 듯하다.

협궤열차가
지나간

길을 따라
이상락 단편소설 「천천히 가끔은 넘어져 가면서」

어느 자리에서 인천을 배경으로 쓴 소설이 없을까 물었는데, 누군가 이상락의 「천천히 가끔은 넘어져 가면서」*를 떠올려 얘기했다. 협궤열차를 1995년까지 25년간 운행하며 마지막까지 함께했던 기관사를 인터뷰한 형식의 소설이라고 했다. 궁금증이 일어 단숨에 책을 구해 읽었다. 과연!

이미 윤후명의 「협궤열차」를 소개한 바 있는데, 전혀 다른 분위기의 두 소설을 비교하며 읽어도 좋을 듯싶다.

---

* 인천작가회의 소속 소설가의 작품을 엮은 『오, 해피데이』(2007, 열린세상)에 실린 「천천히 가끔은 넘어져 가면서」를 대상 텍스트로 삼았다.

이 소설에는 실제 협궤열차를 운행해본 기관사가 아니면 알수 없는 많은 내용들이 입말 그대로 들어와 있었다. 짐작컨대작가는 협궤열차에 관한 소설을 쓰려고 자료 수집 차원에서 기관사와 인터뷰를 했는데, 그의 이야기 자체가 흥미진진한 한편의 소설이라 인터뷰 형식을 그대로 살리며 조금의 윤색만 거쳐 손색없는 작품을 만든 듯하다.

달랑 혼자 온 것이여? 아니, 인터뷰 나오겠다는 바람에 아침부터 이발관 문 띠디레서 쑥대머리 손질하고 포마드까장 볼르고 네꾸따이 골라 매고 난리법석을 떨었는디, 텔레비전 방송국에서 나온 것도 아니고, 그렇다고 신문사에서 나온 기자도 아니고, 뭔 소설을 쓰는 양반이라고? 허헛, 참…… 허기사, 새마을호 특급열차도 모질라서 케이티엑슨가 뭣인가 하는 고속철도를 맹글어서 서울에서 부산까장 세 시간도 안 걸린다는 시상에, 협궤열차 시절 얘기 들었다고 찾어올 사람이 당신 같은 소설쟁이 말고 또 누가 있겠어.(8~9쪽)

아, 아, 후후, 마이크 시험 중…… 시방 말하면 되는 것이여?에, 그르니께 출생부텀 얘기를 해야 쓰겄제이. 나는 전라도 순천에서 태어나서…… 그런 것까지는 필요없다고? 앗다, 사람이 근본이있는 벱인디…… 그러면 어디서부터 얘기를 하라는 것이여, 어떻게 해서 기관사가 됐느냐 거그서부텀?(9쪽)

매연을 뿜으며 소래포구 위를 달리던 협궤열차. 사라진 염전도 보인다.

소설 초반 두 단락이다. 인터뷰를 진행하는 사람의 말은 들어가 있지 않으니 인터뷰 형식의 독백체다. "달랑 혼자 온 것이여?"라고 묻는 시작부터 기관사의 거침없는 성격을 짐작할 수 있다. 구수한 전라도 사투리는 독백을 입체감 있게 살려주기도 한다. 행위 묘사 없이 오로지 기관사의 독백체만으로 정황을 짐작 가능하게 하는 것도 작가의 놀라운 솜씨다. 게다가 협궤열차의 역사, 운행 과정의 에피소드는 협궤열차를 운행했던 기관사의 삶이자 한 시대를 고스란히 증언하는 소중한 자료이기까지 하다. 이 소설만의 미덕이다.

71년 1월달에 수인선 협궤열차를 관장하는 수원 기차 사무소에 기관조사로 첨 들어갔었는디, 그때만 해도 석탄이나 벙커씨유로 물을 끓여서 동력을 얻는 증기기관차 시절이었제. 칙칙폭폭 소리 나는 그 기관차 말여.(10쪽)

정월달이었응께 오죽이나 추웠겠어. 기관차 정비할 공구통하고 기름통을 배정받아 기관차로 운반하는디 쇠붙이 손잡이에 손이 쩍쩍 달라붙드라고. 파이프 렌치로 볼트 너트를 모다 풀고 피스톤이나 크랭크 같은 마찰 부위에 구리스를 발라야 하는디…… 기계 깊숙한 부분에는 손구락으로 일일이 구리스를 쑤셔 넣어야 한다고. 생각해봐. 영하 18도다 20도다 하는 날씨에 맨손으로 쇳덩이에 그 구리스라는 놈을 발라 쑤셔 넣자니 손구락이 고드름이 안 되고 배

기겠어?(10~11쪽)

　좁디좁은 기관차 안에서 끊임없이 석탄을 퍼 넣어서 불을 때야 하는디, 여름에는 꼭 맥반석 사우나에 들앉어 있는 턱이랑께. 석탄 넣는 일도 무조건 퍼 넣기만 하면 되는 것이 아니라, 일정한 화력을 꾸준히 유지해야 하니께 조절을 잘해야 하는 것이여.(11쪽)

　그랑께, 그 시절의 협궤열차는 요즘으로 치면 마을버스나 한가지여. 열차가 역에 닿으면 볼 만했제. 야목역에 도착하면 아줌씨들이 보릿자루 콩자루를 이고 들고 달려오고, 심지어는 밭에서 뽑은 생콩을 뿌리에 흙이 묻은 채로 주섬주섬 보따리에 싸들고 타는 사람도 있었그등.
　곡식 자루를 가지고 타는 경우에는 화물표를 따로 끊어야 하는디, 고놈 몇 푼 안 내겠다고 여자들이 치마 속에다가 보따리를 감춰버리는 바람에, 차장이 아낙네들 치마를 들춘다 어짠다 해서 한바탕 야단법석이 벌어지고 볼 만했제.(12쪽)

　기관사가 열차를 세우면, 수리하는 것은 우리 조사들 몫이었제. 우선 고압력 상태로 있는 관 속의 증기를 모두 뽑아내야 수리를 할 수 있그등. 시뻘겋게 달아 있는 기관의 구멍을 때워야 하는디 맨몸으로 접근했다가는 금세 오징어 구이가 될 판이라, 가마니뙈기 두 장을 물에 푹 담궜다가 꺼내서 하나는 바닥에 깔고 하나는 몸뚱아

리 위에 덮은 채로 엎드려서 수리 작업을 한다고.(14쪽)

기관사들은 그전에 석탄을 넣었다가 오르막길 직전에 화력이 최
고가 되게 맹글어야 그나마 기어 올라가기라도 한당께. 겨울철에
눈이 쌓였다 하면 화력 조절을 암만 잘해도 소용없어.

"어이, 기관조사! 내려서 모래 뿌려!"

기차가 못 올라가고 껄떡거리면 기관사가 그렇게 명령을 한다
고. 그라면 우리는 내려서 철로를 따라 모래를 뿌린시롬 걸어 나가
고, 기차가 우리 똥구멍을 슬슬 따라오는 것이제.(17쪽)

"기관사님, 레일에 송충이가 잔뜩 달라붙어 있습니다."

날씨가 워낙 더웅께, 인근 야산에서 송충이란 놈들이 전부 철길
로 기어 내려와서 철로에 달라붙어 있었든 것이여. 레일이 쇠붙이
로 되어 있응께 시원하겠는가 안. 고놈들이 기차 바쿠에 으개지다
봉께 미끄러워서 바쿠가 헛돈 것이제.(18~19쪽)

"기관조사, 빨리 갔다 와!"

그 말 한마디면 기관조사가 뭔 소린지 척 알아묵게 돼 있어. 수
원에 도착해야 정비를 하든 말든 할 수 있응께, 일단 응급조치를
해서 수원까지는 몰고 가야 할 것 아니라고.

기관조사가 톱을 들고 야산으로 올라가서 나무토막 하나를 베오
그등. 고놈을 깎은 다음 크랭크축에다 끼워서 임시방편으로 기계

를 움직여보자, 그 요량이제.(19~20쪽)

여기 인용한 대목 외에도 당시 협궤열차의 실제 모습을 알 수 있는 많은 얘기들이 기관사의 입을 통해 줄줄이 나온다. 기관사의 삶이 협궤열차의 삶이었으니까. 읽는 내내 신문물을 경험하듯 놀라움의 연속이었다. 읽는 재미가 대단했다.

윤후명의 「협궤열차」가 쓸쓸함과 막막함, 가을 갯벌의 칠면초 같고, 붉은 노을 같은 것이었다면, 이상락의 「천천히 가끔은 넘어져 가면서」는 빛바랜 사진첩에서 찾아낸 소중한 사진 몇 장을 들여다보며 피우는 이야기꽃을 듣고 있는 느낌이다. 인천의 오래된 풍경을 전시한 사진전에 가서 사진 한 장 한 장을 유심히 들여다보며 내 삶의 어느 자락에 스며 있을 추억을 찾아볼 때와 같은 심정이다. 사진을 볼 때와 다른 점은 창 한가락 듣는 것처럼 유려한 전라도 사투리의 주인공이 내뱉는 맛깔스런 말투다.

에, 또, 우리가 얘기를 어디까지 했드라? 어쨌든 기차가 수원역을 출발해서 인천으로 달려가는디…… 가만, 벨일 없이 종착역까지 가부는 거이 좋겠어, 아니면 중간에 고장을 한번 내는 것이 좋겠어?(13쪽)

자, 술 한잔씩 들고 조깐 쉬었다 하드라고. 화롯불에 고구마 올

려놓고 온 사람 모냥 자꾸 재촉해쌓지 말고 말이여. 아, 수백 가지
볼일 가진 승객을 태우고도 기차가 수시로 쉬었다 가는 판인디, 옛
날 얘기 하는 일이 급할 거 뭣 있었어.(20쪽)

저절로 얼쑤, 지화자, 좋다! 추임새가 나온다. 작가가 전라
도 출신이거나 오랫동안 그 지방에 살지 않고서야 구사해내기
어려운 언어들이 곳곳에 포진해 있다.

이 소설의 가장 큰 미덕은 역시 사투리다. 사투리가 가진 맛
깔스러움은 이미 얘기했고, 왜 인천 소설, 협궤열차를 얘기하
는데 굳이 전라도 사투리를 썼을까 하는 생각이 들었다. 물론
실제 인터뷰 과정이 그랬을 수 있지만 결과적으로 보면, 인천
만이 가진 특수성의 한 면모라고 할 수도 있다.

개항기에도 그랬지만 70년대 공단이 들어서면서 각 지방 사
람들이 인천으로 몰려들었다. 다양한 지방 사람들이 한데 어
울려 사는 곳이 인천이었다. 지금은 3대에 걸친 인천 토박이는
거의 찾아볼 수 없다는 얘기도 들린다. 그러니 협궤열차의 일
생에 가까운 얘기를 전라도 사투리로 전해주는 것이야말로 인
천의 한 단면을 보여주고 있다고도 할 수 있겠다.

이쯤에서 소설 첫 대목을 다시 상기해보자. "고속철도를 맹
글어서 서울에서 부산까장 세 시간도 안 걸린다는 시상에, 협
궤열차 시절 얘기 들겄다고 찾아올 사람이 당신 같은 소설쟁이
말고 또 누가 있었어."

작가는 왜 이제는 아무도 찾지 않는 협궤열차에 대해 얘기하고 싶었을까.

고장이 자주 나냐고? 고장 없이 한 번에 종착역에 도착하는 날은 재수가 원 없이 좋은 날이제. 일제 때 맹근 것이라 기관차가 순 고물이었거든. (……)

승객들이 항의를 하냐고? 그러면 그건 협궤열차가 아니제. 열차가 고장 나서 멈추면 전부들 열차에서 내려서 바람도 쐬고 국민체조도 하고…… 기찻길 근방에 사는 승객들은 그새에 동네로 들어갔다가 고구마다 옥수수다 과일이다 이런 것들을 들고 와서 우리 승무원한테 주기도 한다고. 그러다 수리가 끝나면 또 출발하고.(13~14쪽)

승객들이 항의하냐고? 성질 급한 요새 사람들 같으면 난리가 나도 골백번 났겠제. 그때 양반들은 안 그랬어. 아암. 요즘 승객들은 '사람'이고 그때 승객들은 '양반'이었제. (……)

"남자분들, 죽도 안 먹었어요? 좀 세게 밀어봐요!"

오히려 승무원들이 승객들한테 야단을 쳤당께. 허허허. 불만은 커녕 당연히 그렇게 해야 하는 것처럼 미끄러지고 자빠지면서도 땀 흘려가면서 미는 것이여.(17쪽)

그 시절엔 다들 흰옷 입고 살았다고 안. 사람들 옷이 전부 시커

멓게 돼뿔고 얼굴도 매연 범벅이 돼서 눈만 보이는 것이여. 학생들은 말할 것도 없고. 그란디 말이여, 굴뚝에 들어갔다 나온 것맹킬로 깜둥이 일색이 된 자기 얼굴을 수원역 대합실에 걸린 대형 거울에 비춰보면서도 허허허, 웃고 기냥 지나가드란 말이여.(22~23쪽)

앗다, 이 소설가 양반아, 술을 조깐 천천히 들자고. 나는 얘기하니라고 몇 잔 못 묵었는디 혼자 몇 사발을 묵어뿐 것이여. 요새 사람들 사는 것 보면 어지러워서 못 보고 있었드랑께. 뭣이 고렇게들 바쁜지……(28쪽)

아, 서울서 금방 올라탔는디 담배 한 댓거리 만에 부산이나 목포에 뚝 떨어지면 그거이 뭔 재미여. 차창 열고 고개 내밀고서, 들판에서 일하는 농부들한테 '금년 농사는 어떻소?' 물어보기도 하고, 기차가 고장 나면 내려서 철길 옆에 있는 남새밭에 배추 뽑는 일도 조깐 도와줘가면서…… 그거이 사람 사는 맛이 아니겠냐고.(29쪽)

작고 느렸던 협궤열차, 고장 나면 내려 서로 돕고, 급할 것 없이 정을 나눴던 협궤열차를 통해 "자꾸만 바쁘게, 빨리빨리, 그라다 보면 아무리 착하게 살라고 해도 본의 아니게 나 아닌 다른 사람들을 밀치고 젖히고 상처 주고 하게 된당께"를 일깨우는 것이다. 그래서 소설 제목도 '천천히 가끔은 넘어져 가면서'인 것이다. 어쩌면 제목이 너무 딱 맞춤하다 싶기도 하다.

소중한 무언가를 잃어버리는 건 아닐까 생각이 들 때, 이렇게 정신없이 한 살 나이를 더 얹어가며 살아야 하는 것일까 하는 생각이 들 때, 오랫동안 풍경에 눈길을 주고 싶을 때 이상락의 「천천히 가끔은 넘어져 가면서」를 읽으면 유쾌한 위로가 될 것이다. 그 시간 속에 숨겨진 낭만을 꺼내다 보면 내 삶을 다시한 번 생각해볼 수도 있을 것이고. "내 말 알겠는강?"

아직
싸움은

끝나지 않았다

방현석 단편소설 「내딛는 첫발은」

「내딛는 첫발은」[*]을 쓴 작가 방현석이 인천의 근대문학관에 왔다. 중국의 쑤퉁, 일본의 히라노 게이치로와 함께 '2018 한중일 동아시아 문학포럼'을 진행하기 위해서였다. 나는 작가를 조금 알고 있다. 80년대에는 인천의 노동 현장에 뛰어들어 노동운동을 했고, 민주노조협의회에서 각종 유인물이나 회보 등을 만드는 일을 했으며 등단한 이후에는 인천의 '노동자문학'에도 관여했던 것으로 기억한다.

우리는 스치듯 지나친 관계였고, 작가 방현석은 나를 알지

_____

[*] 『내일을 여는 집』(창비, 1991)에 실린 「내딛는 첫발은」을 대상 텍스트로 삼았다.

못했다. 그런데도 어쩐 일인지 나는 등단했을 때 진심으로 그에게 등단 소식을 알리고 싶었다. 어느 작가의 수상식 뒤풀이 자리에서 다른 테이블에 앉아 있는 작가에게 다가가 인사를 할까 말까 망설이기도 했다. 왜 그런 마음이었는지 정확하게 설명하긴 어렵다. 그러나 거기엔 '노동'이라는 매개가 있음을 부인하지 못한다.

방현석은 중앙대 문예창작과를 다니다가 1985년 학생 신분을 숨기고 인천의 한 공장에서 노동자로서의 삶을 시작한다. 1980년대 노동자들은 자신들의 노동에 대한 정당한 권리를 찾기 시작했고 그 힘은 분명한 하나의 구호로 완성되었다.

임금인상, 민주노조.

방현석은 노동하는 현장에 있었고, 거기서 노동자들과 함께 싸웠다. 그러고는 그 싸움이 얼마나 치열한지, 어떤 전망을 가져야 하는지 소설을 쓰기 시작했다. 그리고 1988년 『실천문학』에 가명으로 소설을 투고한다. 그렇게 해서 세상에 나오게 된 소설이 중편 「내딛는 첫발은」이다. 다음 해에는 중편 「새벽출정」을 발표한다. 이 두 편의 작품으로 방현석은 80년대를 대표하는 작가의 반열에 올랐다.

80년대의 노동소설은 다양한 노동 현장을 무대로 자본가와 노동자의 관계, 그리고 그 속에서 노동자의 권리를 찾기 위한 투쟁을 다루려고 했다. 그러나 목적의식을 너무 앞세운 나머지 이념만 두드러지고 구체적인 소설적 형상화나 문학성에서는 아쉬움을 보이기도 했다. 그런 가운데 「내딛는 첫발은」이 발표되자마자 단번에 주목을 받았다. 생동감 넘치는 인물들, 팽팽한 소설적 긴장감, 노동 현장의 충실한 디테일 등, 「내딛는 첫발은」은 지금 읽어봐도 그 성취가 만만치 않음을 알 수 있다.

「내딛는 첫발은」에서 주인공인 용호와 강범, 정형 등은 술을 마시며, 예전 노조 현판식 때 속 시원하게 자신들의 열악한 처지를 내뱉고 회사를 비판했던 연극을 회상하며 그리워한다. 하지만 현재 회사 측의 노조에 대한 탄압으로 위원장은 구속되고, 노조원들은 점차 줄어가는 실정이다. 강범이 회사 측의 부당함을 참지 못해 다시 한 번 파업 농성을 주장하지만, 노동자들은 적극적으로 동참하지 못한다. 이 과정에서 구사대의 무자비한 폭력이 시작되고 끌려가는 동료들을 보며 결국 머뭇거리던 다수의 노동자들이 싸움에 동참하는 것으로 소설은 끝난다.

작품만으로 보면 이 소설이 인천을 배경으로 한 것인지 알기 어렵다. 그러나 방현석은 80년대에서 90년대에 걸쳐 10년 가까이 인천에서 살았고, 발표한 대부분의 노동소설은 인천을 배경으로 하고 있다고 밝힌 바 있다. 소설을 발표할 당시에는 혹시라도 문제가 될까 봐 자신의 본명조차도 밝히지 못했던 터이니 단위 사업장을 구체적으로 드러내기는 힘들었을 것이다.

인천은 주안공단, 부평공단, 남동공단 등 많은 공장이 밀집해 있고 다양한 노동자의 삶이 있는 곳이다. 인천을 대표하는 말 중에 '노동'이라는 말도 들어가야 한다. 이제 소설 속 몇 대목을 읽어보자.

강범의 손은 민첩하게 제품을 뽑아 냉각수에 담근다. 이어서 형폐 단추를 누른다. 고속에 맞춰진 금형이 둔탁한 마찰음을 내며 닫힌다. 성형이 되는 동안 냉각수에서 제품을 꺼내 상자에 담는다. 다시 금형이 열리기까지 3초가 남았다. 강범은 스패너를 두 번 두드리며 자신의 노래에 박자를 넣는다. 신경질적이다. 스패너를 놓는 순간 금형이 열린다. 이 모든 동작에 14초가 걸린다. 표준서보다 5초 빨리 뽑고 있다.(5쪽)

"사장새끼 배때기 불러주느라고 이제 오냐."
"왜, 나도 충성 좀 해서 주임 한 자리 해보려는데."
용호도 웃지 않고 맞받아쳤다.
"사장 눈깔이 헤까닥했냐. 너 같은 걸 주임 시키게."
"반장 자리도 못 지키고 쫓겨난 주제에."
번갈아가며 이죽거리는 속에는 가시가 있었다. 용호가 반장에서 밀려 하루아침에 기계를 잡게 된 데 다들 분노를 터뜨리고 있었다.(7쪽)

구사대는 앞마당에 모이고 있었다. 문을 지켜 선 정우가 다급하게 손짓을 했다.

"여러분! 스스로 싸우지 않는 한 언제까지나 굴욕스럽게 살 수
밖에 없습니다."

용호는 절박한 목소리로 호소했다.

"우리는 끝까지 싸울 것입니다. 그러나 여러분의 동참 없이는
승리할 수 없습니다. 모두가 어깨를 걸고 함께 싸울 때만이 우리는
이길 것입니다. 힘없고 나약했던 옛날의 비굴한 우리로 돌아갈 수
는 절대 없습니다. 함께 싸워 승리합시다."

웅성거림은 일었지만 행동으로 이어지지는 않았다.(25쪽)

옥상에서 비명 소리가 들려왔다. 고함과 뒤섞였다. 무슨 일이 벌
어지는지 알 수 없었다. 현장 사람들이 창가로 몰려갔다. 정식도
그 틈바구니에 끼었다. 계단으로 머리가 터진 강범이 끌려 내려왔
다. 그 뒤로 대의원 순옥이 끌려 내려왔다. 그녀는 팔과 머리채를
잡힌 채 발버둥을 쳤다.(30쪽)

어떻게 뿌리쳤는지 순옥이 현장으로 달려 들어왔다.

"정말 이럴 수가 있는 거예요."

순옥의 코에선 피가 흘렀다. 제멋대로 뜯겨진 작업복은 진흙투
성이였다. 머리와 얼굴, 옷자락에서 빗물이 뚝뚝 떨어졌다.

"우리가 도둑질, 강도질을 했더라도 이렇게 당하는 걸 보고만
있지는 않을 거예요. 보세요. 보란 말이에요."

순옥이 가리키는 앞마당은 아수라장이었다. 더 이상 싸움이 아

니었다. 구사대의 일방적인 폭력이 있을 뿐이었다. 한 명에게 서너 명이 달려들어 무자비하게 짓밟았다. 용호의 얼굴은 피투성이였다. 땅바닥에 깔린 정우의 몸 위로 구둣발이 쏟아졌다. 여러 명에 둘러싸인 채 정형은 주먹세례를 받고 있었다. 각목이 그의 등짝을 내리쳤다. 눈뜨고 볼 수 없었다.(31쪽)

"언제까지 이렇게 개처럼 살 거야. 언제까지."

정식은 금형 받침목을 들고 내달렸다. 이주임과 순옥을 잡았던 구사대가 도망쳤다. 밖의 정형은 러닝셔츠까지 갈가리 찢긴 채 얻어맞고 있었다.

15호기, 16호기가 꺼졌다. 11호기, 21호기, 2호기, 12호기, 13호기……가 차례로 꺼졌다. 스패너가 유리창을 향해 날기 시작했다. 기계 소리 대신 유리창 깨지는 소리가 잇따랐다.

"나가자."

누군가 외쳤다. 나가자. 가자. 나가자. 한순간이었다. 눈물이 분노로 불타올랐다. 모두의 눈에서 불꽃이 튀었다. 달려 나가는 사람들의 손에 금형 받침목이 하나씩 들려 있었다.(32쪽)

얼마 전 나는 '영화와 함께하는 인천 이야기'라는 프로그램을 기획했고, 참여자들과 「보는 것을 사랑한다」, 「고양이를 부탁해」, 「파이란」, 「파업전야」를 보고 이야기를 나눴다. 이 영화들은 각각의 시점으로 인천을 깊숙이 파고들었다. 나는 「파업

영화 「파업전야」 포스터.

전야」를 보면서 자꾸 방현석의 「내딛는 첫발은」을 떠올렸다. 힘없는 노동자들이 구사대로 지칭되는 폭력배들에게 당하고, 결국 여러 이유로 함께 나서지 못했던 노동자들이 손을 치켜들고 대열에 합류하게 되는 마지막 장면 때문일 것이다.

이 소설이 발표되던 시절의 엄혹함, 「파업전야」 상영을 막으려고 헬기까지 동원해 최루가스를 부어대던 시절에서 많이 지나왔다. 시간이 흐르면서 소설도 영화도 얼마간 낡았다는 인상은 어쩔 수 없다. 그러나 「내딛는 첫발은」과 「파업전야」에 담긴 더 나은 세상을 향한 간절하고 순정한 열망은 조금도 바래지 않았다고 생각한다.

방현석은 '작가의 말'에서 "인간에게는 그 어떤 동물도 가질수 없는 위대한 이상이 있다. 그리고 위대한 꿈과 이상을 실현할 목적의식성이 있고 창조할 능력이 있다. 누구도 우리 인간으로부터 이 꿈과 이상을 박탈할 수 없다. 이 책이 그 꿈과 이상을 소중히 여기는 사람들에게 조그마한 힘이라도 될 수 있기를 소망한다"고 쓰고 있다. 나는 아직도 작가의 이 말이 유효하다고 믿는다.

며칠 전, 주안공단을 차로 돌았다. 이 글에 들어갈 사진을 찍기 위해서였다. 들어간 공장에서 요주의 인물로 찍힌 줄도 모르고 점심시간 잠깐 외출 나갔다가 돌아오는 길에 우연히 마주친 옆 라인 노동자와 인사 몇 마디 나눴는데, 나중에 그 남자가 그 일로 불려갔다는 걸 알고 소름이 돋았던 기억이 났다. 공단으로 가는 버스에 올라 임금인상을 해야 된다고, 노조를 건설해야 된다고 외치던 순간도 떠올랐다.

공단을 돌면서 안내판을 찾았다. 사원모집 공고가 줄줄이 붙어 있던 공단 안내판 말이다. 그러나 공단을 도는 내내 검고 칙칙한 공장은 찾아볼 수 없었다. 사원모집 공고가 나붙던 안내판도 찾을 수 없었다. 잘 구획된 도로, 아파트형 공장이거나 스틸재재로 마감된 공장에서 소설 속 느낌은 찾아볼 수 없었다. 그때, 그 많던 공장들이 다 어디로 간 것인지, 여기가 공단이 맞기는 한 것인지 막막했다. 내가 그 길에서 이 막막함만큼 멀어진 것인가 싶기도 했다.

공단 외곽에서 사진을 찍기 위해 잠깐 내렸을 때였다. 이상한 약품 냄새가 훅 끼쳐왔다. 얼른 사진을 찍고 서둘러 차에 올랐다. 당장 목구멍이 따가웠다. 그 냄새가 여기가 공단임을 상기시켰다.

숨 막히는 냄새가 나던 주안공단 어느 공장 담.

삼미의 야구 정신을
이어받을

필요가 있다

박민규 장편소설 『삼미 슈퍼스타즈의 마지막 팬클럽』

　　2018년 한국시리즈에서 SK 와이번스가 우승을 차지했다는 소식이 전해졌다. 그날 모임 중이었는데 다들 야구 경기를 보느라, 점수를 확인하느라 모임이 제대로 되지 않았다. 한 편의 드라마 같은, 한국 야구사에 길이 남을 명승부가 펼쳐졌고 마침내 인천의 와이번스가 이겼다. 여기저기서 카톡이 울려댔다. 모두들 SK 와이번스가 인천의 자존심을 세웠다고 흥분했다. 야구를 즐기지 않는 나조차 덩달아 분위기에 들떴다. 아, 그렇지! 그때 오래전에 읽은 박민규의 장편소설 『삼미 슈퍼스타즈의 마지막 팬클럽』*이 퍼뜩 떠올랐다. 오늘의

---

* 『삼미 슈퍼스타즈의 마지막 팬클럽』(2003, 한겨레출판)을 대상 텍스트로 삼았다.

이 기쁨에는 오래전 인천 야구팬들의 마음속에 씻을 수 없는
패배감을 안긴 기억도 한몫하고 있었을 것이다.

1982년 프로야구 붐이 일었다. 인천 시민이면 누구나 기억
할 인천의 야구단 삼미 슈퍼스타즈. 우리는 이때 인천의 자존
심을 걸고 목마르게 야구 경기를 응원했다.

1982년이야말로, 한국에서 프로야구가 탄생한—한국 프로야구
의 최초 원년(元年)이기 때문이다. 그렇다. 많은 날들을 살아왔지
만, 나는 그런 이유로 결코 1982년을 잊지 못한다. 그해 각 도시의
야구장을 수놓던 OB와 삼성, 해태와 MBC, 롯데와 삼미의 펄럭이
던 깃발과, 3루를 힘차게 돌아 홈으로 귀환하던 선수들, 높은 포물
선을 그리며 담장을 넘어오던 파울 볼과, 숨을 죽여가며 지켜보던
불펜의 피칭을 생각하면…… 정말이지 그 외의 일들이란 알 바가
아닌 것이다.(12쪽)

당시의 야구란 군산상고, 선린상고, 경북고, 천안북일고 등이 활
약하던 고교 야구가 주축을 이루었기 때문에 특별한 야구 명문이
없던 인천 시민들에게 청룡기, 봉황기와 같은 고교 야구의 열풍은
그저 인천 앞바다에 뜬 사이다와 같은 것이었다. 헹가래를 치는 군
산상고의 선수들을 보며, 또 모자를 벗어던지는 경북고의 선수들
을 보면서, 늘 '사이다가 뜨면 뭐 하나, 고뿌가 있어야지'의 심정으
로 체념해오던 인천 시민들에게 그 소식은 새로운 희망과 설렘을

삼미 슈퍼스타즈의 마스코트.

안겨주는 하나의 '고뿌'였던 것이다. 어른들은 삼삼오오 모여 다시 왕년의 인천고와 동산고를 회상하기 시작했고, 특히 아버지와 삼촌은 인천 앞바다에 뜬 사이다를 몽땅 퍼마시기라도 한 듯 명랑하고 발랄해져 있었다.(32쪽)

이렇게 전국적으로 선풍적인 인기를 불러일으킨 프로야구는 지역을 기반으로 성장하기 시작했다. 각 팀의 마스코트가 MBC는 배팅 자세의 청룡, 삼성은 야구공을 문 사자, OB는 배팅 자세의 곰, 해태가 포효하는 호랑이일 때 삼미의 마스코트는 슈퍼맨이었다. 삼미의 슈퍼맨은 야구 배트를 들고 언제든 홈런을 날릴 것 같은 자세를 취하고 있었지만, 결국 삼미는 프로야구 역사에 길이 남을 비운의 야구단이 되었다.

『삼미 슈퍼스타즈의 마지막 팬클럽』은 아이, 어른 할 것 없이 모이기만 하면 야구 이야기를 하던 시절, 이제 막 중학교에 입학한 주인공과 몇몇 친구들이 인천을 연고지로 하는 삼미 슈퍼스타즈의 소년 팬클럽에 가입하면서 벌어지는 이야기다. 소년들은 프로야구 원년 시즌 내내 삼미를 열렬히 응원했지만 이름과 달리 슈퍼스타가 없는 삼미는 매번 진다. '나'와 절친한 조성훈은 끝까지 삼미를 응원하고 그만큼 절망과 상처도 쌓여 간다.

소설가 박민규는 삼미 슈퍼스타즈와 그 야구단을 응원했던 소년들의 이야기를 통해 성장의 고통을 보여주고, 실력 만능주

의 사회에 대한 비판을 통해 진정한 행복이란 무엇인가를 묻고 있다. 무거운 주제인데 글은 경쾌하다. 눈물과 웃음이 같은 지점에 있다. 한겨레문학상을 받은 이 소설은 역대 한겨레문학상 수상작 중 가장 많이 팔린 책이고, 개정판으로 다시 출간되었다. "1할2푼5리의 승률로 세상을 살아가는 모두에게", "낙오자들에게 띄우는 조금은 슬픈, 그러나 유쾌한 연가"라는 띠지의 선전 문구가 모든 것을 말해주고 있다.

입장이 시작되었다. 예상치 못한 일은 정문을 들어설 때 일어났다. 정문 좌우로, 삼미 슈퍼스타즈 선수들이 길게 열을 지어 문을 들어서는 인천 팬들을 맞이하고 있었던 것이다. 선수들은 "고맙습니다" "끝까지 최선을 다하겠습니다" "보내주신 격려와 성원 잊지 않겠습니다"라는 평범한 인사말과 함께, 입장객 한 사람 한 사람의 손을 꼭 잡고 삼미 슈퍼스타즈 티셔츠와 야구 모자, 그리고 수건을 안겨주었다. 왜 그랬을까. 나는 갑자기 눈시울이 붉어졌다.(116쪽)

특히 소설 후반부에 주인공의 친구인 조성훈이 승률 1할2푼5리라는 '대기록'을 세운 '삼미 슈퍼스타즈의 팬클럽'을 창단할 것을 제안하는 장면이 나온다. 그는 삼미의 야구 정신을 이어받을 필요가 있다고 말한다. 그는 삼미의 야구 정신이란 "치기 힘든 공은 치지 않고 잡기 힘든 공은 잡지 않는" 것이라고 비틀어 말한다. 이것은 조롱이 아니다. 삼미 슈퍼스타즈는 승패를 위해 존재했던 팀이 아니었던 것이다. '자기 수양'을 위한 야구. 이것은 치열한 경쟁 사회에서 있을 수 없는 일이다.

작가는 조성훈의 입을 통해, 성공을 위해 자신의 모든 시간을 직장과 일터에 헌납하고 사는 것이 아니라, 남들이 알아주든 말든 자신이 진정으로 하고 싶은 것을 하면서 하루하루를 즐겁게 사는 것, 그것이야말로 진정한 삶이 아니겠냐고 말하는 것이다. 이제 그의 소설이 그토록 인기를 끌었던 큰 비결인 문장을 맛볼 차례다.

프로야구 원년. 우리의 슈퍼스타즈는 마치 지기 위해 이 땅에 내려온 패배의 화신과도 같았다. 어느 정도인가 하면—오늘도 지고, 내일도 지고, 2연전을 했으니 하루를 푹 쉬고, 그다음 날도 지는 것이다. 또 다르게는 일관되게 진다고도 말할 수 있고, 어떤 의미에서는 용의주도하게 진다고도 말할 수 있겠으나, 더 정확한 표현을 빌리자면 주도면밀하게 진다고도 말할 수 있고, 쉽게 말하자면 거의 진다고 할 수 있겠다. 아무튼 기대가 클수록 실망도 크기 때문일까. 프로야구가 개막되고 한 달이란 시간이 지났을 때 유니세프의 철저한 외면 속에서 인천의 소년들은 점차 늙어가고 있었다.(61쪽)

평범한 야구 팀 삼미의 가장 큰 실수는 프로의 세계에 뛰어든 것이었다. 고교 야구나 아마 야구에 있었더라면 아무 문제가 없었을 팀이 프로야구라는—실로 냉엄하고, 강자만이 살아남고, 끝까지 책임을 다해야 하고, 그래서 아름답다고 하며, 물론 정식 명칭은 '프로페셔널'인 세계에 무턱대고 발을 들여놓았던 것이다. 마찬가지로 한 인간이 평범한 인생을 산다면, 그것이 비록 더할 나위 없이 평범한 인생이라 해도 프로의 세계에서는 수치스럽고 치욕적인 삶이 될 것이라 나는 생각했다.(126쪽)

그해의 여름을 기억하는 일은 체스판의 흑과 백을 구분하는 일만큼이나 선명하고 간편하다. 실제로 나는 공부를 하거나 쉬거나 둘 중의 한 가지만 했으니까. 가끔 힘이 들 때면, 수돗가의 미지근한 물에 얼굴을 적시며 삼미 슈퍼스타즈를 생각하고는 했다. 그게 다다.(133쪽)

아이러니와 위트가 절묘하게 섞인 문장들은 무거운 진실을 가볍게 만드는 한편으로, 거기에 웃음과 비애를 함께 담아낸다. 상투적인 표현들을 살짝 비틀어 사태의 진실을 낯설고 새롭게 만드는 솜씨가 일품이다.

어쨌든 노력이 헛되지 않아 '나'는 일류대에 입학하고, 큰 어려움 없이 대기업에 입사한다. 삼미와는 달리 프로의 세계에 무사히 안착한 것이다.

생각해보니, 내 인생은 과연 별 볼 일 없는 것이었다. 평범하고 평범한 가문의 외동아들이었고, 거의 이대로 평범하고 평범한 가문의 아버지가 될 확률이 높은 인생이었다. 타율로 치면 2할2푼7리 정도이고, 뚜렷한 안타를 친 적도, 그렇다고 모두의 기억에 남을 만한 홈런을 친 적도 없다. 발이 빠른 것도 아니다. 도루를 하거나 심판을 폭행해 퇴장을 당할 만큼의 배짱도 없다. 이대로 간다면…… 맙소사, 이건 흡사 삼미 슈퍼스타즈가 아닌가.(124쪽)

그것은, 이제는 세상에서 사라진 별 삼미 슈퍼스타즈였다.

그날 밤 나는 새로운 사실 한 가지를 알게 되었다. 그것은—그저 평범하다고 생각해온 내 인생이 알게 모르게 삼미 슈퍼스타즈와 흡사했던 것처럼, 삼미의 야구 역시 평범하다면 평범하다고 할 수 있는 야구였단 사실이다. 분명 연습도 할 만큼 했고, 안타도 칠 만큼 쳤다. 가끔 홈런도 치고, 삼진도 잡을 만큼 잡았던 야구였다. 즉 지지리도 못하는 야구라기보다는, 그저 평범한 야구를 했다는 쪽이 확실히 더 정확한 표현이다.(125쪽)

지면 어때?

조성훈이 얘기했다. 이상하게도 그 말을 듣는 순간 졸음이 몰려왔다. 이상한 일이었다. 그 잠은 그렇게 시작되었다. 여름의 해가 가장 타올랐을 무렵, 그래서 나의 전부가 불타버린 무렵의 일이었다. 돌이켜보면 줄곧 하루 평균 5시간의 수면을 취해온 내가—왜

그렇게 많은 잠을 잤는지는 알 수 없다.(228쪽)

'나'는 대학에 들어갔고, 시위도 했고, 연애도 했고, 취직도 했고, 정리해고도 됐고, 결혼도 했고, 이혼도 했다. 이 사회의 쳇바퀴 속에서 열심히 살아남으려고 애를 썼다. 열심히 살려고 했던 것도 아닌데 그렇게 살게 됐다. 누군가 등을 떠민 것처럼. "지면 어때?"라는 한마디는 그렇게 살아온 '나'가 한 번도 생각해보지 못한 말. '나'는 그 말에 긴장의 끈을 놓고 잠 속으로 빠져든다.

그 '자신의 야구'가 뭔데?

그건 '치기 힘든 공은 치지 않고, 잡기 힘든 공은 잡지 않는다' 야. 그것이 바로 삼미가 완성한 '자신의 야구'지. 우승을 목표로 한 다른 팀들로선 절대 완성할 수 없는—끊임없고 부단한 '야구를 통한 자기 수양'의 결과야.

뭐야, 너무 쉽잖아?

틀렸어! 그건 그래서 가장 힘든 '야구'야. 이 '프로의 세계'에서 가장 하기 힘든 '야구'인 것이지. 왜? 이 세계는 언제나 선수들을 유혹하고 있기 때문이야.(251쪽)

그렇다. 이 세상에서 남들이 살지 않는 방법으로, 경쟁하지 않으며 살기란 경쟁하며 살기보다 훨씬 어렵다. 이 사회는 끊임없이 남을 밟고 올라서길 주문하고 있으니까.

삼천포에서의 일주일은 언제나 생생하다. 남일대 해수욕장(국
내 최소 규모)에서 우리는 캐치볼과 러닝을 하고, 밤이면 맥주를
마시며 삼미 슈퍼스타즈의 시합 비디오를 보거나, 웃고 떠들거나,
자거나 했다. 언제나 새 치약을 꾹 눌렀을 때와 같은 기분의 시간
이 우리의 주변에 흘러넘쳤으므로, 우리의 시간은 그런 민트향이
라든지, 박하향이라든지, 죽염 성분이 가미된 솔잎향으로 가득했
다.(227쪽)

이 소설을 읽는 인천 시민, 특히 원년 야구를 좋아했던 시민
이라면 누구나 애증이 함께했던 삼미 슈퍼스타즈의 야구를 떠
올릴 수 있을 것이다. SK 와이번스 우승에 그토록 환호하는 이
면에는 삼미의 그림자가 있을 것이다.

프로의 세계는 어쩔 수 없다. 응원하는 팀이 이겨 기쁜 건 어
쩔 수 없다. 승패를 가리는 프로의 세계에서 승리는 절대적 목
표일 수도 있다. 힐만 감독을 당당히 인천명예시민으로 추대할
수 있었던 이유이다. 짜릿한 명승부를 펼친 선수들에게 뜨거운
박수를 보낸다. 우리는 그렇게 박수를 보내고, 맥주잔을 높이
든다. 그러다 잠시 멈칫하고 뒤를 돌아보게 될지도 모르겠다.
거기 거대한 별이 그려진 슈퍼맨의 옷을 입고, 야구 배트를 쥐
고 선 누군가를 보고 머쓱하게 손을 흔들게 된다면 당신은 패

자를 기억하고 사랑하는 삼미의 정신을 희미하게나마 아는 사람일 것이다.

작가의 말

　지역에 대한 관심이 많다 보니 인천이 배경인 소설을 읽을 때 반가움이 배가된다. 인천에 살았던, 혹은 살고 있는 누군가가 소설을 읽으며 자신이 살고 있는 동네, 걸어봤던 곳, 또는 살면서 느꼈던 감정과 비슷한 글귀를 만난다면 기분이 어떨까 생각했다.

　이 글에는 빤히 보이는 두 가지 욕심이 있다. 소설과 인천.

　소설 속에서는 내가 살고 있는 인천이 어떤 이미지로 등장하는지 궁금했다. 인천이라는 도시를 새롭게 발견할 수 있을 것 같았다. 또, 짧게 소개하는 소설 문장이 소설을 읽는 맛을 주어 작가의 다른 작품들도 찾아 읽게 되기를 바랐다.

　이 글이 평론가나 연구자의 글이 아니어서 지역이나 소설에 대해 어정쩡할 수 있는데 나는 도리어 이 어정쩡함이 이 책의 장점이라고 생각했다. 소설가로서, 인천이 등장하는 작품들을 기억과 공감의 자리에서 읽어보려고 애썼다.

등단했을 때 인천문화재단에서 인터뷰를 하며 인천을 비빔밥의 도시라고 얘기했던 게 생각난다. 인천을 잘 모를 때였는데, 웬만큼 안다고 생각하는 지금도 그 생각은 크게 달라지지 않았다. 다만 비빔밥 속의 재료는 많이 달라졌을 것이라고 생각한다.

2021년 1월
양진채

사진 자료 저작권자 및 제공처(가나다순)

김노천 216쪽
김보섭 109쪽
김봉규 171쪽
김성환 17쪽, 22쪽, 23쪽, 35쪽, 46쪽, 47쪽, 53쪽, 62쪽
        69쪽, 88쪽, 89쪽, 94쪽, 122쪽, 141쪽, 183쪽
김진초 133쪽
양진채 43쪽, 153쪽, 165쪽, 211쪽
유동현 8쪽, 78쪽, 176쪽
임고운 33쪽
민주화운동계승사업회 152쪽
부평구문화재단 75쪽
한겨레신문 171쪽
KSF 홈페이지 100쪽

인천이라는 지도를 들고
소설 속의 인천
ⓒ 양진채

1판 1쇄 발행 | 2021년 1월 30일
1판 3쇄 발행 | 2023년 5월 31일

지은이 | 양진채
펴낸이 | 정홍수
편집 | 김현숙 임고운
펴낸곳 | (주)도서출판 강
출판등록 | 2000년 8월 9일(제2000-185호)

주소 | 서울시 마포구 동교로 17안길 21(우 04002)
전화 | 02-325-9566
팩시밀리 | 02-325-8486
전자우편 | gangpub@hanmail.net

값 13,000원
ISBN 978-89-8218-272-3   03810